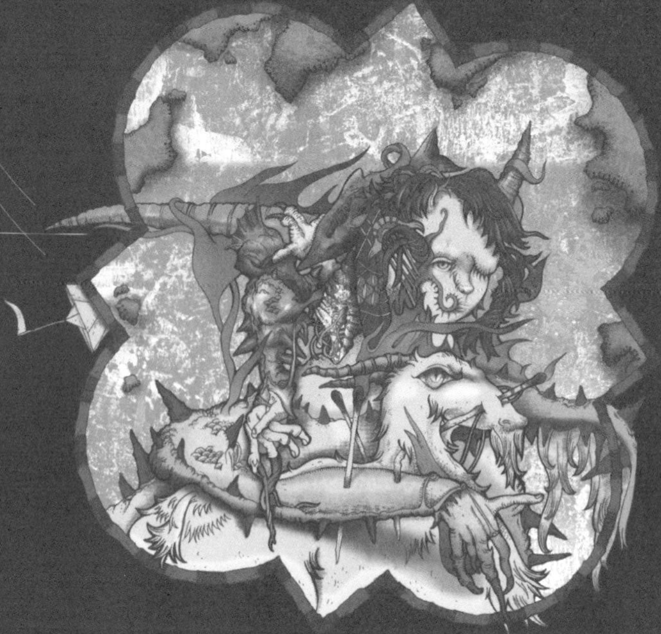

地海孤雛

Tehanu

娥蘇拉·勒瑰恩

Ursula K. Le Guin

地海六部曲｜第四部

段宗忱——譯

娥蘇拉．勒瑰恩的文字非常優美豐富，是我最喜歡的女作家之一。

——村上春樹，日本當代作家

想像力豐富，風格上乘，超越托爾金，更遠勝多麗絲．萊辛。勒瑰恩在當代奇幻與科幻文學界中，實已樹立無人可及的範例。

——哈洛．卜倫，西洋文學評論家，
《西方正典》作者

太初之道即為「言」：言說是魔法最始初的形式與真名。在這套作品出現之前，從來沒有任何一部奇幻文學將此意念闡述得淋漓盡致。藉著娥蘇拉．勒瑰恩的書寫，還原回鮮明面目的語言、真實，以及聖邪兩極之間的無數微妙地帶。此套奇幻小說所再現的事物，是渾然互涉的陰陽魔力，也是比現實更真切的「真實」。

——洪凌，作家

勒瑰恩是科幻小說界的重量級作家之一。她的這部作品同時具有經典及入門的意義，值得細細品讀。

——廖咸浩，台大外文系教授

同樣寫巫師、談法術、論人性，看「哈利波特」乃知其然，而讀「地海傳說」則知其所以然。「地海傳說」情節緊湊，意喻深玄悠遠，搓揉東方哲思，兼及譯文流暢，讀來彷入武俠之境，令人沈陷迴盪。這部二十世紀美國青少年幻想小說經典作品，你不能擦身而過。

——劉鳳芯，中興大學外文系副教授

地海世界的奇幻之旅，在無限的想像力中蘊含深意，只要你還保有童心，都應該先睹為快！

——幾米，繪本作家

關於事物的精確真言，必同步投影出其所未言。勒瑰恩透過地海世界的傳奇言說，投影出榮格與道家的思想神髓，引領我們重新思考自然、想像、年齡與個體轉化的形變過程。當代讀者的冥思之海中，將因地海傳奇而重塑勇氣、正義的形象，感受語言魔力與俗民神話的力量。

——龔卓軍，南藝大造形藝術所副教授

勒瑰恩在這部優異的三部曲中創造了充滿龍與魔法的「地海世界」，已然取代托爾金的「中土」，成為異世界冒險的最佳場所。

——倫敦週日時報

一如所有偉大的小說家，娥蘇拉·勒瑰恩創造的幻想世界重建了我們自身，釋放了心靈。

——波士頓全球報

她的人物複雜，令人難忘；文筆以堅韌優雅著稱。

——時代雜誌

「地海」的魔法乃作者本身魔力的隱喻……勒瑰恩填補地海歷史空缺的手法，令已熟悉地海世界的讀者感到欣喜；初次接觸地海的讀者則發現，儘管書中人物似乎只是面對個人衝突，其抉擇往往影響整個世界的命運……令人難忘。

——紐約時報（《地海故事集》推薦）

【推薦導讀】

如何知曉海中每一滴水的真名？

幾年前我應邀到柏克萊大學演講，安德魯．瓊斯（Andrew F. Jones）教授與台灣的研究生楊子樵，帶著我到舊金山灣的秘境散步。那是一處填海造陸所形成的小半島，被當地人暱稱為"bulb"。海邊住著一些「無家者」和藝術家，他們用撿來的材料搭建簡易房舍，並以廢棄物創作。我們看著和太平洋截然不同的水色，幾隻帶著金屬感的綠色蜂鳥在花叢穿梭，灘地上鷸鳥和鴴鳥成群覓食，冠鷺鶿悠然划水而過。突然間不知道是誰喊了一聲，我們順勢望去，一隻加州海獺游過眼前。在那一刻，我想起入口處有一個簡陋的石牌，用油漆寫著library，箭頭像是指向這片海灘，也像是指向大海。

瓊斯教授本身是研究中國與臺灣流行音樂的專家，談天中提到日前邀請了長期為客家歌手林生祥作詞的鍾永豐先生演講，當時帶他一起去見了一位小說家。這位小說家正是當代奇幻、科幻文學大家勒瑰恩（Ursula K. Le Guin）。後來直到我見到鍾永豐，才知道勒瑰恩的詩也深深影響了他的創作。去年臺灣樂壇極精彩的一張專輯《圍庄》，其中〈慢〉的歌詞，靈感就是來自勒瑰恩的詩句。勒瑰恩的詩在台灣雖沒有翻譯，但她本來在我心目中就是一位詩人。能把幻奇小說寫得詩意且具有高度哲理，當世作家能與之比肩的只有少數幾人。不久之後我的版權代理人譚光磊先生傳來勒瑰恩在plurk上評論了我的小說《複眼人》，我看著這位以作品導航我的作者所寫的字句，眼前又再次出現當日舊金山灣的美麗景象。

由於自己也寫作近似科幻或奇幻的作品，常有讀者會問及兩者的差別何在？事實上不僅是中文存在著翻譯上的差異，在其它語文的國度，向來也存在著不同的意見與立場。

東華大學英美系的陳鏡羽教授曾在〈幻奇文學初窺〉裡提到英、法語在相關用詞的互譯。她認為「fantastic literature」（Phantastischen Literatur）與「literature of the fantastic」（littérature fantastique）在考量發音、歷史與文類等理由下，應該譯為「幻奇文學」，而臺灣書市常用的「奇幻文學」對應的是“fantasy literature”。

隨著時代流轉更迭，近年法國學界提出的專有名詞“la littérature de l’imaginaire”，指涉的是較廣義的「幻奇文學」，它包含了：奇幻（Fantasy）、恐怖（Fantastique）與科幻（Science-Fiction）三種次文類（最廣義的幻奇文學也包含魔幻寫實小說）。陳鏡羽教授說，法文「l’imaginaire」，多譯為「the imaginary」，意指虛幻的、非真實的想像或幻想。但翻成中文就麻煩許多，因為如果譯為「想像」，會和「imagination」造成混淆；但若譯成「虛幻想像」又有可能被誤解幻奇小說是「不合邏輯」（illogical）的。但好的幻奇文學並不是不合邏輯，而是它會建立一個特定或與真實世界交疊的時空，在那裡，自有專屬的運作邏輯。

時至今日，人類創造出的l'imaginaire，已不再限於文字作品，而是遍及詩歌、戲劇、電影、漫畫、電視、電子遊戲中。那被造出的各種異世界（如納尼亞、金剛、地心、太空）與異生命（如吸血鬼、僵屍、精靈、外星人……），正如托爾金在他的〈論仙境故事〉（"On Fairy-Stories"）裡提到的，存在著奇幻（Fantasy）、再發現（Recovery）、脫逃（Escape）與慰藉（Consolation）四大元素。創作者以人類心靈創造出各式各樣的外宇宙，最終要呈現的是心靈這個內宇宙。

與現在臺灣一般出版會把「奇幻」當成一種通俗文類來思考不同，西方的幻奇文學論述者，會從古老的文學傳統談起。包括阿普列尤斯（Lucius Apuleius）、歌德、王爾德、卡夫卡，都曾寫過幻奇文學。因此，陳鏡羽教授說，幻奇文學的討論是「立足於詩學修辭傳統，來探討幻奇敘事與想像的文學性及其詮釋學目的性和語文的歷史性」。透過這個過程，得以窺伺「跨語言文化虛幻想像的美學，與再現神話創造的共通性」。

其中法籍理論家托多洛夫（Tzvetan Todorov）的說法影響了許多人對幻奇文學的定義，他認為幻奇文學會讓主人翁在「超自然」以及「理性」之間產生猶疑，讀者也會在閱讀時，猶豫於小說裡所描述的現象，究竟是出自神怪？還是怪異卻只是一時難以理性解釋的自然現象？也就是說，作者以各種迷人、奇巧的「幻奇修辭」修辭與敘事，造成了讀者閱讀時恍惚狀態，才得以產生獨特的「幻奇美學」，以及那些存活於文字裡，讓我們不可自拔的「第二自然」（Artificial Nature）。

娥蘇拉·勒瑰恩在世界文壇的地位不只建立在通俗小說上，也立足於「詩學修辭傳統」，以及她無與倫比的「幻奇修辭」與「跨文化的想像」中。那個獨特、專屬於勒瑰恩的文本第二自然，既立足於科幻陸地，也根植於奇幻之海。

一九六九年勒瑰恩以《黑暗的左手》（*The Left Hand of Darkness*）獲得星雲獎與雨果獎，這本科幻小說透過格森（Gethen）這個星球裡兩個國度的爭戰，展現了一個奇異冰原世界的故事，直到現在都仍被視為以科幻討論性別意識的重要文本——因為格森星人是一種「無性別」，或者說「跨性別」的生命體，因此他們的文化與社會制度自然也就與我們認知的大相逕庭。

這本傑作和《一無所有》（*The Dispossessed*, 1974），以及《世界的名字是森林》（*The Word for World Is Forest*, 1976）等系列作品，都與「伊庫盟」（Ekumen）這個虛構的星際聯盟組織有關。在短篇小說集《世界誕生之日》（*The Birthday of the World*, 2002）的序裡，勒瑰恩自己說明了這個字是她在父親的人類學書籍裡所遇到的一個希臘字彙「oikumene」，意思是「不同教派的合一體」（in ecumenical）。她以數本中長篇小說與短篇小說的聯綴，建立了一個隱隱相聯結的世界。這是勒瑰恩的努力——用自己一生創作的時間，來對應一個更大時間跨度的故事星雲。這是長時間勉力經營，不斷補遺上個故事空缺，承接前行敘事線索的寫作方式。

與那個太空航行、烏托邦社會、星際戰爭的世界不同，從一九六八年起的「地海系列」，則是一個由法師、術士、龍與神的子民共存的奇幻世界。從《地海巫師》（1968）開始，直到二〇〇一年出版的《地海奇風》與《地海故事集》，創作時間長達三十餘年，地海群島典故繁多，傳說千絲萬縷卻齊整細膩，沒有一條線索未收拾妥切。與「伊庫盟」系列不同的是，這裡的人物彼此相倚，互為情人、師徒、仇敵……，它雖然「奇幻」，卻不是在遠方的星際間穿梭，而是伸手觸摸可得似的。法師們似乎就在我們生活的某處，開啟一道沒有人知道的暗門進入的時空裡，而不是幾千光年以外。

在這一系列故事裡，我們看到「雀鷹」格得如何面對「黑影」成長為法師、「被食者阿兒哈」如何以勇氣讓自己自由而恢復為「恬娜」；我們目睹了英拉德王子「亞刃」追隨格得去尋覓世界失序的秘密，和龍族族女「瑟魯」一同渡過逐步了解自己身世的時光，並且親見術士「赤楊」與格得等人聯手修補遠祖犯下的錯誤……。地海故事就像一部奇幻史書，裡頭每一個人的來歷如此清楚徵信，且都不是天生的異能英雄，而是靠著修煉與人生經驗換取成長。

學者在論及勒瑰恩的作品，往往都聚焦於性別與烏托邦及反烏托邦寓意。但近年漸漸有學者發現，勒瑰恩作品無論是科幻奇幻，毫無例外充滿了細緻的自然環境描寫，即使故事發生在遙遠的異星。

蔡淑芬教授曾寫過一篇題為〈深層生態學的綠色言說：勒瑰恩奇幻小說中的虛擬奇觀和環境想像〉的論文，探討勒瑰恩幾部小說裡的環境描述（她舉的例子部分學者會歸納為科幻小說），以生態批評來切入勒瑰恩小說，發掘裡頭充滿了綠色生態哲學。她說勒瑰恩的小說雖然套用外太空之旅的套路，但卻與高科技戰爭或異形入侵的「刺激、懸疑、動作」小說大異其趣，勒瑰恩描繪的異境是她「對自然的觀察、歷史事實的重組，以及對文明的觀察」。這一點都沒錯。特別是對「自然的觀察」這部分，勒瑰恩顯然是一位具備生物、生態知識，並且常以此做為隱喻的寫作者。

在勒瑰恩的巫師術士的奇幻世界裡，施法者必須知道施法對象的「真名」。但這些事物本然「賦名」卻與讀者所處的世界並無差異……或許勒瑰恩的意思是，在我們現今所知的「名字」背後，萬物另有其存在的真意。

比方說青年格得冒險所乘坐的船原名為「三趾鷸」，這是被他治好白內障的老船主贈送給他的。不過老船主希望他將船改名為「瞻遠」，並在船首兩側畫上眼睛，彷彿一隻海上飛行的鳥。老船主說，如此一來：「我的感激就會透過那雙眼睛，為你留意海面下的岩石和暗礁。因為在你讓我重見光明以前，我都忘了這世界有多明亮。」

而法術雖然能造風、求雨、召喚雲霧，卻沒辦法造出讓人吃得飽的東西，因為真正承載萬物的是生物循環，是無機體、有機體共構的生態系，不是幻術。在《地海巫師》裡，學藝的格得曾問專門教導技藝的「手師傅」，要如何把從石頭變出的鑽石維持住？老師傅回答他說：「它是柔克島製造出來的一小顆石頭，也是一小撮可以讓人類在上頭生活的乾泥土。但它就是它自身，是天地的一部分。藉由幻術的變換，你可以使『拓』（石頭的真名）看起來像鑽石、或是花、蒼蠅、眼睛、火焰」，但這都只是「形似」而已，物的本質並未被改變。另一位「變換師傅」雖然擁有將物變換為另一物的能力，這法門卻不能隨意使用，因為「即使只是一樣物品、一顆小卵石、一粒小砂子，也千萬不要變換。宇宙是平衡的，處在『一體至衡』的狀態。一塊石頭本身就是好的東西。」這裡頭不僅有微言大義，也充滿了深層生態學與生態中心論述的精神。

而在地海世界裡，施用法術還得依靠知識與語言文字。知識存在於書本（別忘了格得就靠書本而知曉龍的真名），也會隨著經驗、教導與外在現實而改變，法師一生都在找尋事物真正的名字。一片海不只是一片海，它是無數魚族、海岸、海潮、礁石、聲響……的名字所組構成的。唯有通曉這些事物的所有真名，才能領略世界是如何從太古演變至今，而法術也才有施展的可能性。

所以，「欲成為海洋大師，必知曉海中每一滴水的真名。」從太古留下的書籍與繁衍不息的生態世界，即是地海傳說裡的大法師們的「圖書館」與見習處。

在勒瑰恩的作品裡，有一篇收錄在《風的十二方位》（*The Wind's Twelve Quarters*）裡的短篇故事〈比帝國緩慢且遼闊〉（1971），描述一支太空探險隊登陸了編號為「world 4470」的星球。這支隊伍裡有數學家、「硬」科學家（物理、天文、地理）、「軟」科學家（心理學、人類學、生態學），生物家以及一位女性的「協調者」（Coordinator）。最特別的角色是一位童年時曾是自閉症患者的「歐思登先生」（Mr. Osden）。他是因為具有極為強大的「神入能力」（power of empathy），才被派上船的。因為人類對外星生物的形貌一無所知，歐思登的神入能力就像一個生命探測器。

World 4470是一個只有植物，沒有動物的世界，彼處沒有殺戮、沒有心智，只有一片寧靜的沉寂。但一次歐思登在林中被攻擊的事件後，他們開始認為這個星球的所有植物聯構成一個整體，「一個巨大的綠色思維」。人類的出現，造成了它們的恐懼，這恐懼就像鏡子一樣，反射回所有人的心底。

這支太空隊伍的組成，不就是一個「人類文明的有機體」？硬科學、軟科學、管理與工作聯構成知識體系各司其職，然而歐思登的神入（或移情）能力，最終才是與陌生文明溝通的關鍵鎖匙。這篇小說的標題"Vaster than empires and more slow"出自英國詩人馬韋爾（Andrew Marvell, 1621-1678）的知名情詩〈致羞赧的情人〉（"To His Coy Mistress"），裡頭有一句是「我植物般的愛會不斷生長／比帝國還要遼闊，還要緩慢（My vegetable love should grow/Vaster than empires, and more slow）。勒瑰恩將這詩句化為故事，讀來動人心魄，也堪稱是理解她小說核心的重要注解。

在勒瑰恩的小說世界裡，對各個星球伸出善意之手的「伊庫盟」（Ekumen）文明存在了數百萬年，背後有一個更古老巨大的宇宙；而地海世界裡的諸島文明雖不知年歲，但絕對遠遠不及大海與天地。自然存在先於任何文明，比任何文明都「還要遼闊，還要緩慢」，至今仍以無意識的「愛」包裹眾生。

當科學不斷拓展它的領地，真正的科學家，當能更深地領略人類的有限與未知的無限。而真正的作家，也不能再以純粹臆度、感性與「神入」為本，以粗糙的修辭去滿足於膚廓的幻奇了。

勒瑰恩的小說世界，既強調生命對世界的知識理解，也不斷思辨存在的意義，她所展示的是一個連「烏托邦」也充滿歧義的世界。（《一無所有》一書的副標題正是「一個歧義的烏托邦」〔An Ambiguous Utopia〕）閱讀勒瑰恩如同被「變換師父」施咒變成蒼鷹、水族、龍、異星人或遺世者，思想貧弱的作家雖然也可以寫出這般天馬行空的想像，但那些想像卻無法打動歷經世事的讀者。

但勒瑰恩的文字不同，它好像永遠比你要蒼老、世故、天真，而且洞悉人世，那是太古而來的音響，存有知曉海裡的每一滴水不可能被一一喚出真名的智慧。

——本文作者為國立東華大學華文系教授　吳明益

【目錄】

【推薦導讀】如何知曉海中每一滴水的真名？／吳明益 4
第一章 壞事 17
第二章 前往隼鷹巢 23
第三章 歐吉安 37
第四章 凱拉辛 49
第五章 漸佳 67
第六章 漸壞 95
第七章 老鼠 109
第八章 鷹 131
第九章 尋語 155
第十章 海豚 175
第十一章 家 197
第十二章 冬 235
第十三章 主人 267
第十四章 恬哈弩 289
作者簡介 299

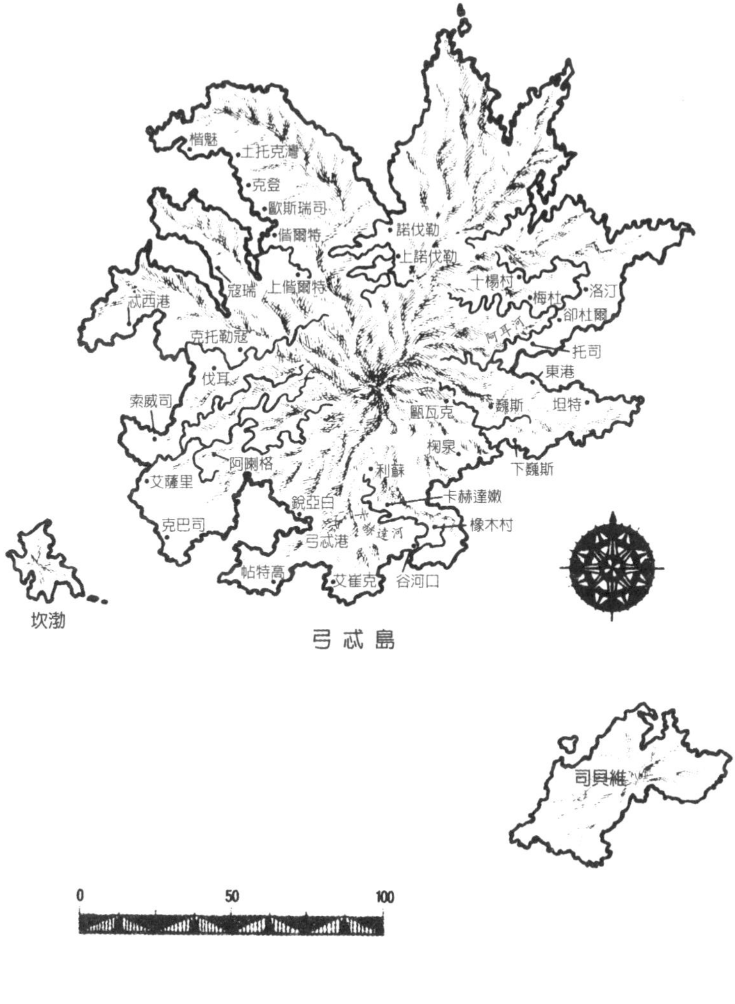
楷魅
土托克灣
克登
歐斯瑞司
偕爾特
諾伐勒
上諾伐勒
寇瑞
上偕爾特
十楊村
洛汀
梅杜
卻杜爾
忒西港
阿耳河
托司
克托勒寇
東港
伐耳
索威司
甌瓦克
魏斯
坦特
栩泉
下魏斯
阿喇格
利蘇
艾薩里
卡赫達嫩
銳亞白
橡木村
克巴司
弓忒港
帖特高
艾崔克
谷河口
坎渤
弓忒島
司貝維
0
50
100

惟靜默・生言語；
惟黑暗・成光明；
惟死亡・得再生：
鷹揚虛空・燦兮明兮。

——《伊亞創世歌》

【第一章】

壞事

A Bad Thing

中谷的農夫火石去世後，他的遺孀繼續住在農莊。由於兒子當了船員，女兒嫁給谷河口的商人，因此她獨居在橡木農場。據說在她的故國，她也是個大人物，法師歐吉安過去常到橡木農場拜訪她，不過這不算什麼，因為歐吉安會拜訪各形各色的小人物。

她有個外國名字，但火石叫她「葛哈」，這是弓忒島上一種白色的小型結網蜘蛛。這名字很適合她，因為她皮膚白，人嬌小，也擅於紡織山羊毛和綿羊毛。葛哈現在是火石的遺孀，擁有一群綿羊及一片牧草地、四塊農地、一園子梨、兩間出租的莊舍、一座位於橡樹下的老舊石造農莊，還有山後葬著火石的家族墓地，土歸其土。

「我老是住在墳墓附近。」她告訴女兒。

「媽媽，到城裡來跟我們一起住吧！」艾蘋說，但是寡婦不願捨棄獨居生活。

「或許過一陣子，等妳生了孩子、需要幫手的時候吧。」她說道，愉悅地望著灰眸的女兒。「但不是現在，目前妳不需要我，而且我喜歡這裡。」

艾蘋回到她年輕丈夫身邊。寡婦關上門，站在農莊廚房的石板地上。已是向晚，但她沒點燈，只是回想自己丈夫點燈的模樣：他的雙手、火花、漸亮火光下專注的黝黑面孔。屋內沉寂。

「我曾獨自一人住在安靜的房子中，」她想，「我又再次過這樣的生活。」她點了燈。

第一個暑季的某日午後，寡婦的老友雲雀離開村莊，在塵土瀰漫的小路上疾行。「葛哈，」她看見寡婦在豆園中鋤草，喚道，「葛哈，出了事，糟透了。能來一下嗎？」

「好。」寡婦回答：「是什麼壞事？」

雲雀屏住氣。她是個碩重樸實的中年婦女，名字與外貌一點也不搭，但她年輕時是個纖細漂亮的女孩，而且對葛哈很友善，無視於那群對火石帶回家的白臉卡耳格女巫閒言閒語的村民。從此之後，兩人便成為朋友。

「有個小孩燒傷了。」她說。

「誰的小孩？」

「流浪人的。」

葛哈將農莊門關好，兩人沿小路前進。雲雀邊走邊聊，氣喘噓噓，汗流浹背。小路兩旁的密草散出細小種子，黏在她的雙頰與額頭，她邊撥去種子邊說：「他們整個月都在河岸草地上紮營。其中有個自稱補鍋匠的男人，但其實是小偷，有個女人跟他在一起。還有個男的，比較年輕，老跟著他們混。那幾人完全不工作，光知道偷竊、乞討，或靠那女人吃飯。下游的男孩子常帶莊稼給他們，好跟她鬼混。妳知道現在是什麼年頭，攔路搶劫的土匪又跑來莊子裡，我要是妳呀，在這年頭我可會把門鎖牢。那年輕小夥子進村子裡來時，我正站在門前。他說：『小孩不舒服。』我看過他們有個小孩，跟隻小雪貂一樣，一眨眼就閃開，我還以為看錯了。我問他說：『不舒服？發燒嗎？』那傢伙說：『她自己生火弄傷的。』我還來不及跟他一道走，他就跑了，不見了。等我走到河邊，那對男女也不見了，空空蕩蕩，一個人影兒都沒有，他們的獵網跟垃圾也都不見了，只有一堆營火，還冒著煙，然後就在那旁邊……半倒在裡面……在地上……」

雲雀走了幾步，沒說話。她直盯著路前，不看葛哈。

「他們連條被單都沒幫她蓋。」她說道。

她大步向前。

「她被推入還燒著的火堆。」她說道，嚥了嚥口水，撥去黏在炙熱臉龐上的種子。「也許她是跌進去的，但如果她醒著，至少會想法子避開。我猜他們大概打了她一頓，以為把她打死了，又想隱瞞他們對她做的事，才……」

她又頓了一下，才繼續說。

「也許不是他做的，也許他把她拉了出來，畢竟是他來求救。一定是她父親幹的。我不知道，管他的。天曉得？誰在乎？誰能來照顧這孩子？誰知道怎麼做？」

葛哈低聲問道：「她能活嗎？」

「可能吧。」雲雀說道。「她可能撐得住。」

一陣子後，她們接近村莊，她說道：「不知為什麼我覺得非找妳來不可。亞薇已經到了，我們無能為力。」

「我可以去谷河口請畢椈過來。」

「他也無能為力。已經不是……不是人力能救了。我幫她弄暖身子，亞薇給了她一帖藥，還下了安眠咒，然後我抱她回家。她一定有六、七歲了，但還沒一個兩歲娃兒重。她一直沒完全醒過來，卻發出一種嘶喘……我知道妳也無能為力，但我想找妳來。」

「我想來。」葛哈說道。但在進入雲雀家之前，她慎畏地閉上眼，屏息一瞬。

雲雀已把孩子驅出屋外，房內靜悄悄的。那孩子躺在雲雀床上，昏迷不醒。村內的女巫亞薇已在輕微灼傷處敷上金縷梅和痊癒草製成的藥膏，但右臉、右頭部和傷至見骨的右手，則未做任何處理。她在床上繪出庇耳符，僅此而已。

「妳能幫幫她嗎？」雲雀悄聲詢問。

葛哈俯首望著灼傷的孩子，她的雙手毫無動靜。葛哈搖了搖頭。

「妳不是在山上學過醫術嗎？」痛苦、羞愧、惱怒自雲雀口中而出，乞求一絲解脫。

「連歐吉安都無法醫治如此重傷。」寡婦說道。

雲雀別開頭，咬住下唇，開始啜泣。葛哈抱著她，輕撫她灰白的頭髮。兩人相互扶擁。

女巫亞薇從廚房走入，見到葛哈時皺了眉頭。雖然寡婦既未誦咒，也未施法，但據說她剛到弓忒時，以法師養女之身住在銳亞白，而且也認識柔克大法師，她無疑擁有深不可測的奇特力量。女巫似乎唯恐失去自己的地位，走到床邊四處撥弄，在小盤中堆了些東西點燃。在煙霧及薰臭中，她一遍又一遍不停唸誦癒咒。腥臭的草藥煙霧使燒傷的孩子咳嗽出聲，瑟縮顫抖地半坐起身。她開始發出嘶喘聲，呼吸急促、簡短又沙啞，一隻眼睛似乎望向葛哈。

葛哈向前，握住孩子的左手。她以自己的語言說話：「我曾服侍祂們，也離開了祂們。」她說道，「我不會讓祂們奪走妳。」

孩子望著她，抑或望著虛無，試著呼吸，再試一次，又試一次。

【第二章】

前往隼鷹巢
Goin to the Falcon’s Nest

一年多後，在長舞慶典之後的炎熱漫長日子裡，一名信差自北而來，下到中谷，要找寡婦葛哈。村人將他引至小道，他傍晚來到橡木農莊。他是名臉瘦眼尖的男子。他看著葛哈和她身後羊圈裡的羊群，開口說道：「不錯的羊啊。銳亞白的法師找妳去。」

「他派你來的？」葛哈問道，既懷疑又覺有趣。歐吉安要找她時，有更快、更合適的信差：召來的老鷹，或只是他的聲音安靜問道：妳願來嗎？

那人點點頭，說：「他生病了。妳肯賣小母羊嗎？」

「不一定。你想要的話可以去跟牧羊人談談，就在柵欄那邊。你想吃點晚飯嗎？要的話，你可以在這裡過夜，但我等會兒就要上路。」

「今晚？」

她略為輕蔑的眼神中這次毫無笑意：「我可不會呆坐在這裡。」她與老牧羊人清溪談了兩句，然後轉身走入深居山丘上橡樹叢旁的房子。信差跟隨她。

石板地的廚房中，一個令他只匆匆一瞥就急忙掉開眼光的孩子，為他送上牛奶、麵包、乳酪及綠洋蔥，然後一語不發走出。孩子回到婦人身邊，兩人都穿著旅行便鞋，拿著輕便皮袋。信差隨著她們走出，寡婦鎖起莊門。他們同時出發，因為傳遞歐吉安口信的這個任務，只不過是為銳亞白領主添購種羊之外的舉手之勞。婦人及灼傷的孩子在小徑轉向村落的路口向他道別。她們沿著他的來時路向北，然後轉西進入弓忒山山腳。

兩人沿路而行，直到漫長的夏日餘暉開始暗沉。她們離開窄路，在林蔭下的小山谷裡紮營，急湍卻安靜的小溪在旁汩汩流逝，倒映出柳樹叢間的灰茫夜空。葛哈用乾草與柳葉堆成野兔樣的床，藏匿樹叢間，然後將孩子包裹在被中，讓她躺下。她說：「現在妳是個蛹，到了早上，妳會變成蝴蝶，破蛹而出。」她未生火，只裹著披風，在孩子身邊躺下，望著一顆顆星星逐漸亮起，聽著小溪低吟，直到睡去。

兩人因清晨前的寒冷而甦醒。葛哈生了一小簇火，熱了一平鍋水，為兩人準備麥粥。殘破的小蝴蝶從蛹中顫抖而出，葛哈把平鍋放在露濕的青草上冷卻，好讓孩子端著平鍋喝粥。她們再次上路時，峻聳晦暗的東方山肩已然亮起。

孩子易疲累，她們便整天緩行。婦人的心渴望快，但她步履緩慢。她無法長時間抱著孩子，因此為了讓孩子走得更輕鬆，她為孩子說故事。

「我們要去探望人，一個老人，名叫歐吉安。」她們疲累地走在穿越森林的蜿蜒小徑上。「他極為睿智，而且是名巫師。瑟魯，妳知道巫師是什麼嗎？」

就算這孩子曾有名字，她不是記不得，就是不願說。於是葛哈叫她瑟魯。

瑟魯搖搖頭。

「嗯，我也不知道。」婦人說：「但我知道他們會做什麼。我還小時——比現在的妳還大，但還算小——歐吉安曾是我父親，就像我現在是妳母親一樣。他照顧我，也試著教我一些我需要知道的事。儘管他寧願隻身漫遊，他仍陪在我身邊。他喜歡走路，走在像我們現在走的路上，還有森林、一些荒野。他走遍整座山，觀看、傾聽。他總是在傾聽，因此人們叫他『緘默者』。但他會跟我說話。他會說故事給我聽，不僅是每個人都會聽到的故事，像那些英雄國王行誼，或外地的古老傳說，還有一些只有他知道的故事。」她一面前行，一面繼續說：「我現在要告訴妳其中一個故事。

「巫師會做的一件事，就是變成別的東西，換成另一種形體。他們稱為『變形』。普通術士可以將自己變得看似他人，或是像動物，所以妳會突然疑惑自己看到了什麼，簡直像他戴上面具一般。但巫師及法師會做的不只如此，他們可以變成面具本體，真正變成另一樣生物。所以，如果巫師想渡海卻沒有船，他可能將自己變成海鷗飛過去。但他要很小心。如果一直當鳥，他會開始照鳥的方法思考，然後忘了人如何思考，結果成了真正的海鷗，永遠變不回人。據說曾經有位偉大巫師，喜歡把自己變成熊，變了太多次後，結果殺死了自己的小兒子。別人只好獵捕他，把他殺死。但歐吉安也總把這當笑話，有次老鼠跑到他櫥櫃裡、咬壞乳酪，他用個小小捕鼠咒抓到一隻，然後就這麼拎起老鼠，看著牠的眼睛說：『我告訴過你，不要變老鼠！』有一瞬間，我還以為他是認真的……

「總之，這故事跟變形有關，但歐吉安說這已經超越他理解的所有變形，因為這是兩種東西、兩種生命，同時存在一個形體裡，他說這超越了巫師的力量。他在弓忒西北岸一個小村莊，一個叫做楷魅的地方，遇見這樣的生命。那裡有個婦人，一個老漁婦，既非女巫，也不通曉法力，但她會編歌，歐吉安就是這麼聽說她的。他在那附近一如往常漫遊，沿海岸而上，傾聽。然後他聽到有人唱歌，或許正在補網或修船，一邊工作一邊唱：

西之西處
大陸彼方
我族飛舞
乘馭他風

「歐吉安同時聽到了詞跟曲，因為他都沒聽過，便問這歌從哪裡來。一連串的詢問帶他找到一個人，他說：『喔，這是楷魅之婦作的歌。』於是他到了楷魅，也就是那名婦人住的小漁港。他在港邊找到她的房子，然後，他用巫杖敲門。她出來，開門。

「妳知道吧，記得我們在講名字時，小孩有乳名，每個人也有通名，或許還有綽號。不同的人會用不同的方法叫妳。妳是我的瑟魯，等妳再大一些，或許妳會有個赫語通名。當然在妳成年時如果一切順利，妳會獲得妳的真名。一位擁有真力的人會賦予妳名字，可能是個巫師或法師，因為命名是他們的能力。這名字妳可能永遠不會告訴別人，因為妳的真實自我就存在妳的真名中。這是妳的能力、妳的力量，對別人來說，既是危險也是負擔，只有在絕對必要及信任下，才能給予別人。但偉大的法師知曉萬物真名，可能毋須妳告訴他，就會知道。

「所以偉大的法師歐吉安站在海牆邊的小屋子門口，那名老婦把門打開。結果歐吉安倒退一步，他舉起橡木巫杖，抬起他的手，像這樣，就像要躲開好燙的火。他又驚又懼地大聲說出她的真名——『龍！』

「他告訴我，那一瞬間他看到站在門口的根本不是女人，而是一簇耀眼烈火與閃耀金甲、利爪，以及龍的大眼。據說，妳不可以直視龍的眼睛。

「然後，一切消失不見，他沒看到龍，只看到一個站在門口的老婦，有點駝背，一個人高手大的漁婦。他們對望。接著她說：『請進，歐吉安大爺。』

「他便進去。她請他喝魚湯，接著兩人一起吃飯，然後在她的火爐邊聊天。他以為她一定是變形者，但他不知道，究竟她是可以將自己變成龍的女人，還是可以將自己變成女人的龍。他終於問她：『妳是女人還是龍？』她沒回答，但說：『我唱個故事給你聽。』」

瑟魯鞋子裡卡了顆小石子。她們停下來清除，然後非常緩慢地繼續前行，因為樹叢夾道的岩石小路愈來愈陡。樹叢中，蟬在炎夏裡唱歌。

「她唱給歐吉安聽的故事是這樣的：

「兮果乙在時間之始，將世界島嶼從海中抬起時，龍最先從陸上及吹拂陸地的風中生出，《創世之歌》是這麼說的。但她的歌也說，在一切的起源，龍與人是一體的。他們是同一群人、同一族，背有翅膀，說著真語。

「他們美麗、強壯、睿智、自由。

「但時間會讓一切事物產生變化。所以在龍人中，有的愈來愈愛飛行和荒野，愈來愈不願意參與創作或學習，對房屋及城市也愈不在意。他們只想飛得更遠更遠，打獵及獵食，無知無謂，尋求無限度的自由。

「有些龍人則變得對飛翔毫不在乎，但喜歡蒐集寶藏、財富、創作、知識。他們建造房子與收藏寶藏的堡壘，好將獲得的一切都傳給孩子，欲求無止境，還漸漸害怕那群野蠻龍人，因為他們可能恣意凶猛地飛來，毀壞所有珍寶，一把火將一切燒盡。

「野蠻的龍人天不怕地不怕，他們毫不學習。由於他們無知無懼，無翅的龍人便將他們像動物一般獵捕。被刺殺時，他們完全無力拯救自己，但其餘龍人便會飛來燒光美麗的房子，毀壞、屠殺。不論是野蠻或睿智，最強的一群龍人總是最先互相殘殺。

「最害怕的那群則躲避打鬥，直到無法再躲藏時，他們便逃離爭鬥。他們使用創造的技能建起船，然後往東方駛去，遠離西方小島與在傾圮高塔間爭戰的翼族。

「因此，曾經是龍也是人的一族變了，他們成為兩族：龍愈來愈少，愈來愈野，住在西陲的遙遠島嶼，因為無盡無知的貪婪、怒意而分崩離析；而人類聚集在富裕的鄉鎮城市中，占據內環諸島以及南方、東方所有島嶼。但其中仍有拯救了龍之智識——創生真語——的一群，就是巫師。

「但，歌曲唱道，我們之間還有一些知道自己曾經是龍的人，而有的龍也知道他們與人類的關係。而且，同一族人變成兩族時，有些依然是龍也是人的一群，依然擁有翅膀，但不是飛向東方，而是更向西，跨越開闊海，到達世界彼端。他們在那兒和平居住，是既狂野又睿智的偉大翼族，擁有人的腦及龍的心。因此她唱著：

西之西處
大陸彼方
我族飛舞
乘馭他風

「然後她以此作結。這就是楷魅之婦的歌謠中所說的故事。

「然後歐吉安對她說：『我第一眼看到妳時，看到了妳真正的形體。那位坐在爐火邊，與我面對面的婦人，只不過是妳穿著的一件衣服而已。』

「但她搖搖頭笑了，只願意說：『有這麼簡單就好了！』

「過一陣子，歐吉安回到銳亞白。他告訴我這故事後，對我說：『從那天起，我就開始想，有沒有人類或龍到過西之西處？我們到底是誰、完整的我們到底在哪？』……瑟魯，妳餓了嗎？上面那裡，那個路彎處，看起來好像滿適合坐著休息。也許我們可以從那裡看到山腳外更遠的弓忒港。那是個大城，比谷河口更大。到彎口時，我們可以坐下歇會兒。」

從高高的路彎，她們的確可以由廣幅林坡、多岩草原，直望到海灣邊的城鎮，以及守護海灣入口的險崖；而漂浮在深暗地海上的船隻，有如木屑或水甲蟲。小路前方遠處再高些，有片陡壁自山邊突出：那是高陵，其上就是銳亞白村，隼鷹巢。

瑟魯沒有抱怨，但當葛哈說：「我們上路了，好嗎？」坐在小路上、背襯海天交際的孩子搖搖頭。陽光熾烈，且自從在小山谷用早餐後，她們已經走了很遠的路。

葛哈拿出水壺，兩人再次喝了點水，然後她拿出一包葡萄乾跟核桃，交給小孩。

「已經看得到目的地了，」她說：「希望我們天黑前就可以到達。我很想見歐吉安。我知道妳很累，但我們慢慢走，晚上就會到那兒，那裡既安全又溫暖。收好袋子，把它塞在腰帶下，葡萄乾會讓妳的腿更有力。妳要不要一枝木巫杖，像巫師的一樣，可以幫妳走路？」

瑟魯一面咀嚼一面點頭。葛哈拿出刀子，為小孩切下一段健壯的榛樹枝；她又看到一棵倒在路上的赤楊，便折斷一根長枝，削去多餘樹皮枝葉，成了一枝自己可用的輕便枴杖。

她們再度上路。孩子為葡萄乾的效力誘導，也拖著腳慢慢走。葛哈唱歌作娛，有情歌、牧羊歌，還有在中谷學到的敘事詩。突然，歌聲戛然而止。她停了下來，伸手作勢警告。

前面路上的四個男人已經看到她，就算躲在樹林裡等他們動身或經過，也是徒然。

「是旅人。」她小聲告訴瑟魯，繼續往前走，緊握手中的赤楊木杖。

雲雀對於盜賊團及小偷的言論，不僅是老一輩「世風日下」、「末日近了」的怨言而已。過去幾年來，弓忒的城鎮及鄉村間已喪失平和與信任。年輕男人像外地人一樣對待同鄉，糟蹋他們的好客善意，偷竊、銷贓。過往稀有的行乞現在隨處可見，而不滿足的乞丐還以暴力恫嚇。婦女不再喜歡獨自走在街道上，也對失去這自由感到十分不悅。有些年輕女孩加入竊賊及盜獵集團，卻常一年內就返家，飽含怨氣，傷痕累累，還懷了身孕。而村莊術士及女巫間，則謠傳他們的法力變得不對勁：一向有療效的咒文不再能治癒；尋查術一無所獲，或所獲非物；愛情靈藥不再讓男人陷入欲望深淵，卻轉為毀滅性的妒恨。更可怖的是，有人不了解法術之道、之法、之限，以及踰越後將招致的惡果，卻自稱擁有力量，對他們的追隨者許諾難以想像的財富、健康，甚至長壽。

葛哈村莊的女巫亞薇曾談到法術式微，谷河口的術士畢椈也如是說。畢椈是個敏銳而謙遜的人，曾為瑟魯的燒傷及痛楚盡一己之力。他對葛哈說道：「我以為這類事情發生時，毀滅的世代必已到來，是紀元的終結。黑弗諾王座空居已幾百年了？不能再這麼下去，我們必須回到中心原點，否則終將會迷失，島島相怨，人人相恨，孩童相鬥……」他瞥了她一眼，有點膽怯，但眼神依然澄澈敏銳。「厄瑞亞拜之環已重返黑弗諾塔，」他說道：「我知道是誰將它帶去……那是個徵象，必定是。那徵象代表將來臨的新紀元！可是我們沒有付諸行動。我們沒有王，我們沒有中心。我們必須找到我們的心、我們的力量。或許大法師終將會採取行動。」他又信心滿滿道，「畢竟他是弓忒出身的。」

但大法師的行跡，或黑弗諾王位繼承人，依舊杳然無蹤，而一切繼續頹壞。因此，葛哈帶著恐懼及堅沉的憤怒，看著前方四個男人兩兩左右分開，迫使她和孩子從他們中間穿過。

她們繼續前行，瑟魯緊貼在她身後，頭壓得低低的，卻沒有牽她的手。其中一個長得頗為壯碩、粗黑長鬚覆唇的男人，咧開嘴輕笑，準備說話。「喂！」他說。但葛哈同時出言，更大聲說道：「走開！」她把赤楊杖如巫杖般高舉，「我與歐吉安有事相談！」她大踏步穿過他們，瑟魯小跑步跟在她旁邊。那些人挺立不動，把虛張聲勢誤以為巫術。歐吉安的名字或許依然有其力量，抑或是葛哈自身，也可能是孩子內在的力量。因為在她們走過後，一人說道：「你看到沒？」然後往地上一啐，做個避邪手勢。

「女巫跟她的怪物小鬼，」另一人說道：「讓她們走吧！」

其餘人懶懶地離開時，一個戴著皮帽、身著背心的男人，直定定望了一會兒，神情既蒼白又震驚。但正當他彷若將轉身跟隨那女人及孩子時，嘴上有長鬚的人對他喊道：「悍提，走啦。」他依言照做。

一過轉角離開他們的視線，葛哈便抱起瑟魯急急前行，直到她不得不放下她，喘息不已。孩子既未發問，也不拖延。一旦葛哈可以再度上路，孩子便用盡全力快步向前走，握著她的手。

「妳紅紅的，」她說：「像火一樣。」

她很少說話，也不清晰，因為她的聲音十分嘶啞，但葛哈懂。

「因為我生氣。」葛哈說著，彷彿一邊發笑。「我生氣時，就會變紅。就像你們這紅人族，西方的蠻人……妳看，前面有個小鎮，一定是橡木泉。那是這條路上唯一的村莊。我們在那兒停歇一下，也許可以買到一些牛奶。然後，如果還撐得住，如果妳覺得妳可以走到隼鷹巢，希望我們日落時就可以抵達。」

孩子點點頭。她打開裝著葡萄乾與核桃的小袋子，吃了幾顆。她們繼續疲累地走著。

兩人穿過村莊，抵達歐吉安在崖頂的房子時，太陽早已落下。初星閃耀在西方海面高高升起的厚雲堆上。海風吹拂，矮草低垂。一隻山羊在低矮房屋後的草坪上咩咩叫著。唯一的窗戶亮著微暗黃光。

葛哈將她與瑟魯的木杖靠著門邊的牆直立，握住孩子的手，敲敲門。

沒有回應。

她推開門。壁爐的火早已熄滅，只剩灰燼，但桌上一盞油燈發出芥子般的細弱光芒。從遠處角落地上的床墊，歐吉安說道：「進來吧，恬娜。」

【第三章】

歐吉安
Ogion

她讓孩子在西邊壁龕上的小床睡下，點起爐火，走到歐吉安的床鋪旁，盤腿坐下。

「沒人照顧你！」

「我讓他們走了。」他悄聲道。

他的臉龐如往常般黝黑堅實，但頭髮已稀疏貧白，昏暗燈火在他眼裡映不出光芒。

「你可能會獨自死去。」她激切說道。

「那就幫我做到這點吧。」老人說。

「還不是時候。」她乞求，彎下身將額頭貼著他的手。

「不是今晚，」他同意，「明天。」

他抬起手，輕撫過她的頭髮，他只餘這麼多氣力。

她坐起身。爐火點著了，火光在牆上、低矮天花板上跳動，而長屋角落暗影重重。

「如果格得能來就好了。」老人低喃。

「你找他來了嗎？」

「失蹤了，」歐吉安說：「他失蹤了。雲。霧籠大地。他去了西方，帶著山梨樹枝，進入暗霧。我失去了我的隼。」

「不，不，不，」她悄聲道：「他會回來的。」

兩人沉默。爐火的溫暖漸漸滲透，令歐吉安放鬆，魂遊在醒睡之間，也讓恬娜在一天跋涉後感到休憩的舒適。她按摩雙腳及疼痛的肩膀——因為瑟魯為了趕上而累得氣喘噓噓，她抱著孩子爬完最後一段上坡。

恬娜站起身燒了點水，洗去一身旅塵。她熱了點牛奶，吃了在歐吉安櫃櫥中找到的麵包，然後回到他身邊坐下。他睡著時，她坐著、想著，看著他的臉、火光，及影子。

她想著，從前有個女孩如何坐在黑夜中靜默、沉思：在很久以前、很遠的地方，一個在無窗房中的女孩，被教導自己是個被食盡的人、大地黑暗太古力的女祭司及僕人；一名婦人，在丈夫及孩子睡著後的農莊裡，於平和沉靜中醒著、想著，獨處一小時；然後是名寡婦，帶著燒傷的孩子來到這裡，坐在垂死之人的床邊，等待某人回歸。如同所有女人、任何女人，做著女人的事。但歐吉安不以僕人、妻子或寡婦之名呼喚她；在護陵的黑暗中，格得亦未如此；而在比一切更久以前、更遠之處，她母親，只餘那份溫暖與棕紅火光印象的母親，給了她名字的母親，也非如此。

「我是恬娜。」她悄聲道。爐火吞熔一段枯槁松枝，竄起金亮火舌。

歐吉安的呼吸轉為急促，掙扎著吸取一絲空氣。她盡可能幫助他，直到稍轉舒泰。兩人都睡了一會兒，他迷眩縹緲的沉默，偶被奇異的字句打破，在一旁，她假寐。一度在深夜裡，他彷彿在路上遇見朋友，大聲說道：「你在那裡嗎？你有沒有見到他？」恬娜醒來去堆高爐火時，他又開始說話，但這次彷彿對著記憶中多年前的人訴說，聲調有如孩童：「我試著幫她，但房子的屋頂塌下來了，倒在他們身上。是因為地震啊。」恬娜聆聽。她也見過地震。「我試著幫忙了！」老人體中的男孩痛苦說著，然後再度開始嘶啞地呼吸掙扎。

天才剛明，恬娜被一種似是海濤的聲響吵醒。是一陣翅膀拍擊聲。一群鳥兒低飛而過，鼓翼轟聲震耳，快速掠過的影子遮蔽窗戶。牠們似乎環屋飛行一圈，隨即消失無蹤，並未發出任何呼叫或高鳴，她也不知那是什麼鳥。

當天早上，有人從遠離歐吉安住處的銳亞白村北來訪。一個牧羊女來了、一名婦人來為歐吉安的羊擠奶，還有人來問能為他做些什麼。村莊女巫蘑絲摸著門外的赤楊枝及榛樹條，滿懷希望從門口探看，但就連她都不敢踏入。歐吉安躺在床上低吼：「叫他們走！叫他們都走！」

他看來似乎已較為強壯、舒爽。小瑟魯醒來時，他以恬娜記憶中那種平淡、善良、安寧的方式對她說話。孩子到太陽下玩耍後，他才對恬娜說：「妳叫她的那名字是什麼意思？」

他通曉創世真語，但從未學過卡耳格語。

「『瑟魯』的意思是燃燒，點燃火焰。」她說。

「啊，啊，」他說，眼神發亮，皺起眉頭。好一會兒，他彷若在尋找適當的字彙。「那孩子，」他說道：「那孩子，人們將會懼怕她。」

「他們現在已經怕她了。」恬娜苦澀地說。

法師搖搖頭。

「教導她，恬娜，」他悄聲道：「教導她一切！別去柔克，他們害怕……我為什麼讓妳走？妳為什麼要走？為了帶她來……太遲了嗎？」

「鎮靜點，鎮靜點。」她溫柔說著，因為他掙扎地搜尋空氣及字眼，但兩者皆無。他搖了搖頭，嘶喘：「教導她！」然後安靜躺下。他不肯吃，也只喝了一點點水。中午時他睡著了。傍晚他醒來，說道：「時候到了，女兒。」他坐起身。

恬娜握住他的手，對他微笑。

「幫我站起來。」

「不行，不行。」

「可以。」他說道：「外面。我不能死在屋內。」

「你要去哪裡？」

「哪裡都好。但如果可以，去森林小徑。」他說道：「草原上的椈樹下。」

她看到他能夠起身，也堅決出門，只得幫他。兩人一同走出門外，他停下來，回身檢視屋內唯一的房間。門右方的黑暗角落裡，他長長的巫杖倚立牆邊，微微發光。恬娜伸出手想把巫杖拿來交給他，但他搖搖頭。「不是。」他說：「不是那個。」他再次四顧，彷彿找尋某種消失、遺忘的事物。「來吧。」他終於說道。

一陣宜人的風自西方吹來拂過他的臉，他望向遼闊高遠的蒼穹，說道：「很舒服。」

「讓我從村裡找幾個人來幫你做個軟轎，抬你上去。」她說：「他們都在等著為你盡點心力。」

「我想走路。」老人說。

瑟魯從屋後出現，嚴肅地望著歐吉安與恬娜一步又一步走著，每五、六步就必須停下，讓歐吉安喘息一會兒。他們跨越繁蕪草原，走向自懸崖內側沿著高山峻聳攀升的樹林。陽光炙熱，清風寒冷，他們花了很長時間才橫越那片草原。兩人終於抵達離山徑起頭僅有幾呎遠的一棵年輕大椈樹下時，歐吉安的臉龐已然灰白，雙腿像風中草葉般顫抖。他在大樹根節間癱下，背倚樹幹，良久沒有動作，亦無言語，而他的心臟擊打著、衰頹著，撼動著他的身體。他終於點了點頭，悄聲道：「好了。」

瑟魯遠遠跟隨他們。恬娜走到她身旁，擁抱她，跟她說說話。她回到歐吉安身邊。「瑟魯會拿毯子來。」她說。

「不冷。」

「我冷。」

微笑在她臉上一閃而逝。

孩子拖著山羊毛毯過來。她對恬娜悄聲說了些話，又跑走了。

「石南會讓她幫著擠羊奶，照顧她。」恬娜對歐吉安說：「所以我可以待在這裡陪你。」

「妳從來不會只想著一件事。」他用僅剩的唏噓喘息聲說道。

「沒錯。至少兩件，通常要更多。」她說：「但我人在這兒。」

他點點頭。

許久，他沒再說話，但倚樹默坐，雙眼閉闔。恬娜注視他的臉，看到他隨著西方的光芒，慢慢變化。

他張開眼，透過樹叢間隙望著西方天空。他似乎在那片遼遠、清明、金黃的光中看著某物、某種作為，或是行跡。他低低地、遲疑地，彷彿不確定地說了一次：「龍……」

太陽落下，清風止歇。

歐吉安看著恬娜。

「結束了！」他滿心歡沁地低語，「一切都變了！變了，恬娜！等……在這裡等著，等……」震顫擒住他的身軀，宛如大風中的樹枝搖晃。他急喘一口氣，眼睛閉上又張開，視線穿越了她。他將手覆在她手上，她俯身。他對她說出真名，好在死後讓世人認識真實的他。

他緊握住她的手，緊閉眼睛，再次掙扎呼吸，直到再無氣息。星星探頭，自森林的枝葉間亮起時，他宛如樹根般躺著。

恬娜與亡者共坐，度過黃昏，直到黑夜。一只燈籠像螢火蟲般在草原彼端發光。她將毛毯覆蓋兩人，但握著他的那隻手卻變得冰冷，猶如握著石頭。她再次將額頭抵住他的手，然後站起身來，僵硬暈眩，身體彷彿不是自己的。她上前迎接持光前來的人。

那夜，歐吉安的鄰居陪伴他，而他沒再趕他們走。

銳亞白領主宅邸位於高陵上方山側一處突出的岩脈上。大清早，太陽還未完全越過山頂，領主麾下的巫師已經下山穿過村莊。緊接著，另一位夜裡自弓忒港出發的巫師也費力穿越陡峭山路而來。歐吉安垂死的消息傳到他們的耳朵，抑或他們的力量強至能知曉大法師過世。

銳亞白村沒有術士，只有法師；另有一個女巫，專門負責村民不敢勞煩法師的低階工作，如尋查、修補、接骨等。蘑絲阿姨是個執拗的人，像大多數女巫一樣未婚，穿著邋遢，灰白頭髮以奇特的咒結綁著，草藥煙熏紅眼眶。是她提著燈籠穿越草原，跟恬娜及其餘人在歐吉安身邊守夜；在森林中，她在玻璃燈罩下點起一枝蠟燭，在陶盤中點燃香甜精油；她說了該說的話，做了該做的事。在碰觸歐吉安的身體以準備下葬儀式前，她向恬娜望了一眼，彷彿請求允許，然後繼續進行她的工作。村莊女巫通常負責執行她們稱為「亡者返家」的儀式，直到下葬為止。

來自領主宅邸、手握銀松枝巫杖的年輕巫師，以及另一名自弓忒港上山、手握短紫杉巫杖的中年巫師到來時，蘑絲阿姨不敢以她充血的眼睛直視，只弓身鞠躬倒退，收起寒酸的咒法跟道具。

她將屍體依照習俗擺成左寢曲膝之姿時，在仰天攤開的左手中放入一只裹以軟羊皮、上繫彩色細繩的小咒文包，銳亞白巫師以巫杖尾端將其打去。

「墳墓挖好了嗎？」弓忒港巫師問道。

「好了，」銳亞白巫師回道：「在敝主人的家族墓地中。」他指向山上的宅邸。

「我明白了。」弓忒港巫師說：「我以為我們的法師會尊榮地葬在他自地震中拯救的城。」

「敝主人擁有這份榮耀。」銳亞白巫師說道。

「但好像……」弓忒港巫師欲言又止，因為他不喜歡爭執，卻又不願服從這年輕人輕率的決定。他低頭看著亡者。「他必須無名下葬。」他悔恨、苦澀地說：「我徹夜趕路，卻還是來遲了。真是雪上加霜！」

年輕巫師沒開口。

「他的真名是艾哈耳，」恬娜說道：「他的願望是長眠在此，就是現在他睡下之處。」

兩人都望向她。年輕巫師見是一名中年村婦，就轉過頭去。來自弓忒港的人呆望一會兒，說：「妳是誰？」

「人們稱我為火石的寡婦葛哈。」她說：「我想，知道我是誰，是你的本分，但我沒有義務要說。」

聽到這句，銳亞白巫師終於紆尊降貴地瞄了她一眼。「女人，注意妳對力之子說話的態度！」

「慢來，慢來。」弓忒港巫師說道，輕拍銳亞白巫師想平息他的憤慨，眼睛依然望著恬娜。「妳是……妳曾是他的養女？」

「也是朋友。」恬娜說道，轉過頭去，無言而立。她聽到自己在說「朋友」時，聲音中的怒氣。她俯望她的朋友，一具準備安葬的屍體，逝去、靜止。他們佇立在他之上，活生生，氣力充沛，卻未伸出友誼之手，只有鄙視、爭鬥、怒氣。

「對不起，昨夜很漫長。他死去時，我跟他在一起。」

「這不是……」年輕巫師開口，出乎意外，老蘑絲阿姨打斷他，大聲說道：「她說得對。只有她，沒有別人。他找她來。他派賣羊的鎮生去叫她來，繞過整座山，他撐著不死直到她來，陪著他，然後他死了。他死在他想下葬的地方，就是這裡。」

「然後……」年紀稍長的人說道：「他告訴妳……？」

「他的真名。」恬娜看著他們，年長男人露出不可思議的神情，年輕男人一臉鄙夷，讓她不由自主以輕蔑回應。「我說過了，我得再說一遍嗎？」

她吃驚地自他們的表情發現，他們的確沒聽到歐吉安的真名，因為他們沒注意她。

「噢！」她說：「時代敗壞了，如此真名居然不受聆聽，像石頭般墜落在地！聆聽難道不是力量嗎？那聽好：他的真名是艾哈耳。他死後的真名是艾哈耳。如果有人要為他寫歌謠，在歌謠中他將是弓忒的艾哈耳。他曾是沉默的人，而現在他非常沉默。或許不會有歌謠，只有沉默。我不知道。我很累。我失去了父親及摯友。」她戛然而止，喉頭鎖住一聲啜泣。她轉身欲離開，在森林小徑上看到蘑絲阿姨做的小咒文包，她撿起它，跪在屍體旁邊，親吻攤開的左掌，將小包置入，繼續跪著。她再度抬頭望那兩人，輕輕開口。

「你們能不能在這照看，」她說道：「讓他的墓就挖在這兒，在他希望的地方？」

年長男人首先點頭，然後是年輕男人。

她起身，順了順裙子，在晨光中走過那片草地。

【第四章】

凱拉辛
Kalessin

「等著，」歐吉安——現在是艾哈耳——在死亡之風搖撼他，將他撕離生命之前，對她這麼說。「結束了……都變了。」他低語道，然後是：「恬娜，等……」但他沒有說她該等什麼。或許是他看到或知曉的改變，但那是什麼改變？他是指自己的死亡、他結束的生命嗎？他話中帶著喜悅、歡沁。他指示她等待。

「我還有什麼事好做？」她自語，掃著他房內的地板。「我做過別的嗎？」然後，對著她記憶中的他說，「我該在這裡等，在你屋裡等嗎？」

「是的。」沉默的艾哈耳，沉默、微笑地說道。

於是她打掃房子、清除壁爐、撣淨床墊；丟棄破碎餐具及滲漏的平底鍋，但她待它們很溫柔，在走往垃圾坑的路上，甚至將臉頰貼在龜裂盤子上，因為它是年邁法師過去一年來病痛的證據。他力求簡樸，如貧農般平實過活，但他耳聰目明、力量飽滿時，絕不會用龜裂的盤子，或任平底鍋破裂未補。他衰弱的跡象讓她哀傷，但願自己當初能夠在他身邊照料。「我很希望這麼做。」她對記憶中的他說道，但他什麼都沒說。他從來自己照顧自己，不願讓人服侍。「妳有更值得的事情要做。」他會不會這麼說？她不知道。他沉默，但現在她知道，留在他的屋子是對的。

香迪和她年邁丈夫清溪會照顧羊群及果園，清溪住在中谷的日子比恬娜還久。農場上另一對夫妻提夫與西絲會收成莊稼；其他事還顧不了。她的覆盆子藤會被鄰居小孩摘光，真可惜——她愛極了覆盆子，但在這海風不斷吹襲的高陵，氣溫太低，不適合覆盆子生長。不過，在房子南面牆邊，角落遮蔭下的老桃樹結了十八顆桃子。瑟魯像貓兒等著抓老鼠般盯著，直到有天她走進房子，以沙啞混濁的聲音說：「兩顆桃子已經又紅又黃了。」

「這樣啊。」恬娜說。她們一起到桃樹下，摘下先熟的兩顆桃子，連皮咬，汁液沿下巴流淌。她們舔了舔手指。

「我可以種下它嗎？」瑟魯看著皺縮的桃核問。

「可以。這裡靠近老樹，是好地方。但別靠太近，好讓兩棵樹的根和枝葉都有空間生長。」

孩子選定地方，挖了小小洞穴，放入果核後覆起。恬娜看著她心想，住在這裡幾天中，瑟魯變了：依然沒有反應、沒有憤怒、沒有喜悅，但自從來到這裡，極端的戒心與無動於衷的態度已微漸鬆懈——她渴望桃子、想種果核、想增加世上的桃子。在橡木農莊上，她獨不畏懼恬娜和雲雀兩人，但在這裡，她輕易適應了銳亞白的牧羊女石南，一個大嗓門、溫和的二十歲弱智少女。石南對待這孩子如同對待另一隻羊，一隻殘疾羔羊，這無妨。蘑絲阿姨也不壞，不管她聞起來是什麼味道。

恬娜二十五年前住銳亞白時，蘑絲猶未年邁，是個年輕女巫。她對「小姐」、

「白女士」——歐吉安的養女及學生——欠身鞠躬，露齒而笑，說話總帶著無上敬意。恬娜曾覺那份尊敬是假的，是遮掩她太熟悉的妒羨、厭惡及懷疑，來自地位沒有她優越的女人。她們認為自己平凡，而她不平凡，是擁有特權的女人。無論是峨團護陵女祭司，還是弓忒法師的異國養女，她都是不同的，高高在上。男人給了她權力、與她分享權力；女人自外旁觀，有時滿懷競爭心，往往帶著一絲嘲弄。

她曾覺自己是遺留在外、阻絕在外的人。她逃離沙漠陵墓的力量，而後離開監護人歐吉安提供的智識及技力。她背向一切去了另一邊，另一個屬於女人的空間，成為她們之一，成為妻子、農婦、母親、主婦，擔負起女人天生的力量，以及人世間允許她擁有的權力。

在中谷，火石之妻葛哈在女人間廣受歡迎，雖然是外國人、白皮膚、講話帶著奇怪口音，卻擅於打理家務、織藝絕佳，孩子乖巧健康，農場繁盛，十分體面。在男人眼裡，她是火石的女人，做女人應做的事：敦倫、生育、烘烤煮食、打掃、紡織、縫紉、服侍。好女人，他們如此讚許。他們說，火石還是選得不錯。不知道白女人是什麼樣，全身都白嗎？看著她，他們的眼睛如此說著，直到她年齡漸長，他們視而不見為止。

在這裡，現在一切都改變了，過去已不復返。自從她跟蘑絲一起為歐吉安守夜後，女巫明白表示願意當她的朋友、追隨者、僕人，一切隨她的心意。恬娜不確定自己希望蘑絲阿姨做什麼，覺得她不可預期、不可靠、不可理解、熱切、無知、狡獪、骯髒。但蘑絲和那燒傷的孩子處得來。或許蘑絲在主導瑟魯改變，讓她略為放鬆。瑟魯待她如待別人般，茫然、毫無回應、如同死物般溫馴，像石頭一樣。但老婦不斷努力，給她糖果跟小東西，攏絡、勸說、引誘。「親愛的，跟蘑絲阿姨來！過來，蘑絲阿姨會讓妳看看最漂亮的東西……」

蘑絲的鼻子突出於光禿下頷及薄唇之上，臉頰有顆櫻桃子大的疣，頭髮是灰黑交纏的咒結及亂絲，體味如狐狸穴強勁、明顯、濃烈又複雜。在弓忒小孩聽的故事裡，老巫婆都會說：「親愛的，跟我一起去森林！」然後將小孩關在火爐中，烤得褐黃、吃掉，或丟在井裡，任其永遠驚慌跳著、沙啞哭喊，或是讓其沉睡，封閉在大石內，直到國王之子、法師王子來到，用一真字打碎石頭，以一吻喚醒少女，殺死邪惡女巫……

「親愛的，跟我來！」然後她帶著孩子到田野，讓她看看綠色稻草間的雲雀巢，或進到沼澤摘取白聖花、野薄荷與藍莓。她不須將孩子關在烤爐中或把她變成怪物、封在石頭裡，她早經歷過這些了。

她待瑟魯慈藹，但常伴以甜言誘騙。兩人在一起時，她似乎跟小孩說很多話，但恬娜不知道蘑絲說或教了什麼，或許女巫在那孩子的腦袋裡填滿怪力亂神。**無能得好像女人家的魔法，惡毒到有如女人家的魔法**，這些話她聽過不下百遍。她的確發現蘑絲或亞薇這類女人的巫術通常沒什麼效用，有時也會刻意或因無知而為惡。村莊女巫即使知道許多咒語、咒文及某些聖歌，卻從未受訓習得高深技藝或法術原理。沒有女人受過這種訓練，因為魔法是男人的事、男人的技巧，魔法由男人所創。從來沒有女法師，即使有人自稱為巫師或女術士，她們的力量卻均未受訓。沒有技藝或知識的力量，半是嘻鬧，半是危險。

蘑絲這類普通村莊女巫賴以維生的，不外乎幾個老女巫珍視相傳，或向術士高價購得的真言詞彙，以及許多尋查及修補咒法、很多無意義的儀式加上故弄玄虛與胡言亂語、在婦產、接骨、醫治人畜疾病方面紮實的實作經驗、豐富的草藥知識結合一大堆迷信。一切都建立在她醫治、唱咒、變形或施法的天賦。如此混合亦好亦壞：有些女巫是烈性、尖刻的婦人，時常理直氣壯傷害他人；大多數則是接生婆及療者，兼營愛情靈藥、受孕或壯陽咒文，默默地冷眼看人世；還有一些雖無智識卻有智慧，用天份純粹為善，不過她們像所有學徒巫師一樣，無法說明為何而做，便隨口胡謅大化平衡與力量之道，以辯解其為或不為。「我依循我心。」恬娜還是歐吉安的養女及學生時，有位這樣的女子對她如是說道。「歐吉安大爺是個偉大法師。他教導妳，是賦予妳極大的榮耀。但妳看著好了，孩子，他教妳的一切，最終還是依循妳心。」

即便當時，恬娜認為那智婦說得對，卻說得不完全，還差了點什麼。她現在依然如此認為。

看著蘑絲對待瑟魯的方式，她想蘑絲正在依循自己的心，但那顆心黑暗、狂野、怪異，像隻烏鴉，我行我素。或許，蘑絲不是因為善良而貼近瑟魯，而是因為瑟魯的傷、受的傷害，那些暴力、火焰。

不過瑟魯無論在行為或言語上，都沒顯示出她除了雲雀築巢處、藍莓生長處或單手玩花繩之外，是否還從蘑絲阿姨那兒學到別的事。瑟魯的右手遭火盡蝕，癒合成棒槌一般，拇指只能像蟹箝般當夾子使用。但蘑絲阿姨有套神奇的花繩玩法，只須用到一手的四指與另一手的一指，還有配合花樣的韻謠：

攪攪櫻桃攪！
燒燒下葬燒！
來呀龍來到！

然後繩子就會化成四個三角形，再變成方形……瑟魯從未大聲誦唱，但恬娜聽過她獨自坐在法師房門前，一邊翻花繩，一邊低念。

恬娜又想，除了憐憫，除了對無助孩子的責任外，是什麼聯繫連結她自己與這孩子？如果恬娜沒把她接走，雲雀會收留她。但恬娜甚至沒自問緣由，便收留了她。她是否依循自己的心？歐吉安沒問任何關於孩子的事，但他說了：「人們會怕她。」而恬娜當時回答：「他們的確怕她。」這也是真的，或許自己也怕這孩子，正如同她害怕殘酷、強暴及火焰。是恐懼連結她與這孩子嗎？

「葛哈，」瑟魯蹲在桃樹下說，看著埋覆桃核的堅土，「龍是什麼？」

「偉大的生物，」恬娜說：「外表像蜥蜴，但比船還長，比房子還大。還有翅膀，像鳥兒一樣。牠們還會吐火。」

「牠們會來這兒嗎？」

「不會。」恬娜說。

瑟魯沒再問了。

「蘑絲阿姨告訴妳龍的事嗎？」

瑟魯搖搖頭。「是妳說的。」她道。

「啊。」恬娜說，又立刻接著說：「妳種的桃子需要水才會長大。一天一次，直到雨季來臨為止。」

瑟魯起身，小跑步繞過房子到井邊。她雙腿完美無傷。恬娜喜歡看她走或跑，黝黑、沾滿塵土的漂亮小腳踏在土地上。她搖搖擺擺端著歐吉安的水壺回來，在種子上傾倒一陣小洪水。

「所以妳記得人跟龍都是同一族的故事……人類向東往這裡來，但龍待在遙遠的西方諸島。很遠、很遠的地方。」

瑟魯點點頭。她看起來毫不專心，但恬娜說到「西方諸島」並指向海邊時，瑟魯將臉轉向豆藤架與擠奶棚間可見的高闊明亮天際。

一頭山羊出現在擠奶棚屋頂，側向她們，尊貴地端著頭，顯然自以為是高山山羊。

「西皮又逃掉了。」恬娜說。

「嗨嘶——嗨嘶——」瑟魯跑去，學石南喚羊，石南也出現在爬滿豆藤的欄杆邊，抬頭對羊喚「嗨嘶」，但羊毫不理睬，若有所思地呆望豆藤。

恬娜放她們去玩抓西皮的遊戲。她閒步穿過豆田走向崖邊，沿著懸崖漫步。歐吉安的屋子遠離銳亞白村，也比任何房子都靠近高陵邊緣，這裡有片陡峭綠坡，岩塊散露，可放牧羊群。愈向北行崖坡愈陡，最後垂直而落。小徑上，崖壁裸岩漸露，直至村北約莫一哩外，石崖縮窄成一層尖出的紅色砂岩，兩千呎下方是侵蝕崖底的海洋。

高陵盡頭寸草不生，只有地苔和石疙瘩，還有藍雛菊東一朵西一朵散生，因風大而矮縮，像掉在粗糙崩落岩石上的鈕扣。崖北及崖東面向內陸，是片狹長沼地，弓忒山黝暗峻聳的嶺側擢拔於上，林樹遍布，幾至山峰。懸崖本身高聳海灣之上，必須俯視，才能看到海岸邊緣與模糊的艾薩里低地。除此之外，以南以西均只有海天一色。

恬娜住銳亞白時很喜歡漫步至此。歐吉安愛森林，但她曾住在沙漠，方圓百里只有無盡夏日中一手一瓢灌溉出的磊砢老桃樹及蘋果樹，除此之外，毫無綠意、濕意或愜意，僅有一座大山、一片平原及天空，因此她喜歡懸崖甚於密閉樹林。她喜歡頂上空無一物。

她也喜歡地苔、灰地疣、無莖雛菊，她熟悉這些。她一如以往，坐在離崖邊幾呎外的山岩望向海面。日光炎熱，但不息的海風吹去臉與手上的汗意。她倚手後靠，心無一念，唯有太陽、海風、天空及海洋，向太陽、海風、天空、海洋敞開一切。但左手喚醒她注意，讓她轉身看看是什麼在搔弄她的掌跟。原來是株小小荊棘，躲在砂岩縫隙中，怯怯向光與海風伸展無色針棘。疾風逼它硬生生點頭，但它依然在岩縫中扎根，抗拒風力。她凝視它良久。

她再度望向海面，看到海天交會的迷濛藍暈裡，一抹島嶼的藍線：那是歐瑞尼亞，內環諸島的東界。

她凝視淡淡迷影，夢著，直到一隻西方飛來的鳥兒引起她注意。不是海鷗，因為牠飛行十分平穩；說是鵜鶘，卻又飛得太高了些。是野雁或罕見的海洋旅者信天翁往島嶼飛來嗎？她看著那雙翅膀緩慢拍擊，高遠地飛在亮眼天色中。突然，她站起身，從崖邊倒退幾步，文風不動佇立，心跳加快，呼吸哽住，看著那柔長的黑鐵般身軀、火紅長蹼翅、伸出的利爪，以及消失在牠身後的捲煙。

牠筆直朝弓忒飛來，向著高陵，向著她。她看到鐵紅墨黑相間的鱗片、閃動的細長大眼，她看到一簇火焰紅舌。龍嘶吼轉身降落山崖，歎出一道火焰時，燃燒的焦臭填塞了海風。

牠的腳爪重落在岩石上，多棘的尾扭動、搖響，雙翼被日光照得赤紅，轟嘩收摺於兩側，慢慢轉頭。龍看著站在一爪之遙的女人，女人看著龍。她感到龍頭在上。

有人告訴她，人類不可直視龍的眼睛，但這對她來說不足為懼。牠直直望著她，黃色大眼埋在盔甲般的鱗殼中，鼻子細長，鼻孔翕動吐煙，她柔軟的小臉與黑眼也直直回望。

他們都沒有開口。

龍略為偏頭，以免說話——或許只是笑聲——摧毀了她。牠「哈」地一聲噴出一簇橘色火焰。

「阿西伐銳西，格得。」牠說，語氣溫和，煙霧裊裊，燃燒的舌一閃即逝，然後低下了頭。

恬娜終於看見跨坐牠背上的男子。他坐在兩片沿脊椎生長的劍棘間凹下處，在脖子之後，肩膀翅根之上。他的手緊握龍頸的鐵紅與黑色甲片，頭靠著劍棘底部，宛若熟睡。

「阿西．艾赫銳西，格得！」龍又稍微大聲說道，長長的嘴看起來總在微笑，露出如恬娜前臂般長，尖端露白的黃色利齒。

男子毫無動靜。

龍轉過牠長長的頭，再次看著恬娜。

「叟比歐斯。」牠說道，鐵片滑擦般嘶響。

她認識這個創生語詞。這種語言，只要她願意學，歐吉安均傾囊相授。上來，龍說，爬上來！接著她看到階梯：利爪、彎曲的肘關節、肩膀關節、翅膀第一節肌肉，共四級階。她也說了：「哈！」但不是笑，而是想順順一直卡在喉頭的呼吸。她低下頭以止住暈眩，然後上前一步，經過利爪、長而無唇的嘴、細長黃眼，登上龍的肩膀。她握住男子的手臂，他動也不動，但一定還活著，因為龍把他帶來這裡，還對他說話。「起來。」她說道，然後在扳動他緊握的左手時，看到他的臉。

「起來，格得，起來……」

他微微抬頭，雙眼大張卻無神。她只能爬過他身後，任雙腿被龍炙熱堅硬的外皮磨傷，然後自劍棘底部角節上，扳開他的右手。她讓他握住她的手臂，好半抱半拖將他從那四階奇特的臺階運回地面。

龍轉過巨碩的頭，像動物般用鼻子碰碰嗅嗅男子身軀。

牠抬起頭，翅膀伴隨一聲金屬般巨響半掀。牠將腳移離格得，靠向懸崖。棘頸上的頭轉了過來，再次直直盯著恬娜，如窯火乾吼般說道：「塞思凱拉辛。」

海風颼颼吹著龍半張的翅膀。

「塞思恬娜。」女人以清亮沉著的聲音說。

龍別開臉，望向海對面的西方。鐵鱗鏗鏘中，牠扭過長長身體，突然張開雙翅，蹲踞，直直從懸崖跳入風中，拖曳的尾巴在行經的砂石上留下焦痕。紅色翅膀拍下、抬起，又拍下，然後凱拉辛飛離陸地，遠遠朝西方飛去。

恬娜望著牠，直至牠身影不比野雁或海鷗大。空氣很冷。龍在時，一切變得如鎔爐般火熱，被龍的內火暖著。恬娜輕顫。她將臉埋在手臂中大聲哭泣。「我能做什麼？」她哭道，「我現在能做什麼？」

終於，她用袖子擦乾眼鼻，雙手拍理髮絲，轉向躺在身邊的男子。他是如此沉靜從容地躺在裸岩上，彷彿可以就此長眠。

恬娜歎口氣。她什麼都不能做，但總是有下一步。

她抬不動他。她得找人幫忙，意謂得留他獨自在此。他好像太靠近懸崖邊了，若他想起身，便可能跌落，因為他一定全身軟弱暈眩。她該如何搬動他？她對他說話或碰觸他時，他毫無知覺。她抬起他的肩膀，試著拉他，意外成功。雖然他沉若死物，卻不太重。她堅定地將他往裡拖了十到十五呎，遠離裸露山崖，躺在泥土上，乾燥禾草叢形成一處掩護。她必須將他留在那兒。她跑不動，雙腿依然顫抖，呼吸仍帶哭音。她盡全力快走回歐吉安屋子，一面接近，一面叫喚石南、蘑絲和瑟魯。

孩子從擠奶棚後走出，像往常般站著，聽從恬娜的叫喚，但未向前，不迎不拒。

「瑟魯，快到城裡，隨便請個人來，只要強壯就行，懸崖上有個受傷的男子。」

瑟魯呆立，她從未單獨進村，此時正夾在順從與恐懼之間。恬娜見狀便問道：「蘑絲阿姨在嗎？石南呢？我們三人抬得動他，不過要快點。快點，瑟魯！」她感到若讓格得毫無保護地躺在那兒，他一定會死，她回去時，他會不見蹤影，死亡、墜落、被龍帶走，什麼都可能發生。她一定要及時趕回去。火石因中風猝死在農地上，她沒有陪著他，他孤零零死去，牧羊人發現他躺在柵欄邊；歐吉安死了，她無法阻止他去世，她無法給他氣息；格得回家等死。這是一切的終點，什麼都不剩，一切都已不可為，但她必須勇往直前。「快點，瑟魯！找誰來都好！」

她自己也開始搖搖晃晃朝村子走去，但看到老蘑絲匆忙越過牧地，帶著她的粗山楂棍跌撞而來。「親愛的，妳在叫我嗎？」

蘑絲出現讓她大為放心。她開始調整呼吸，重新思考。蘑絲一聽有人受傷必須搬抬下山，便毫不浪費時間發問，直接抓起恬娜晾曬的粗厚帆布床罩，拖到高陵盡頭。她跟恬娜將格得滾到床罩上，困難萬分地利用這粗陋的運輸工具往家裡拖，此時石南跑來，瑟魯跟西皮緊隨在後。石南年輕有力，在她幫忙下，終於將帆布像擔架般拉起，把男子運回屋內。

恬娜跟瑟魯睡在屋內西牆壁龕內，因此只剩另一邊歐吉安的床，由一張厚亞麻被單蓋著。她們讓男子在那兒躺下。恬娜用歐吉安的棉被覆住他，蘑絲隨即圍繞床邊呢喃咒語，石南跟瑟魯站著呆望。

「讓他休息吧。」恬娜說著，將所有人帶往前屋。

「他是誰？」石南問道。

「他在高陵那邊做什麼啊？」蘑絲問道。

「蘑絲，妳認得他。他曾經是歐吉安——艾哈耳——的學徒。」

女巫搖搖頭。「親愛的，那學徒是十楊村來的小夥子，就是現任柔克大法師。」

恬娜點點頭。

「不對，親愛的。」蘑絲回道，「這人長得像他，但不是他。這名男子不是法師。連術士都不是。」

石南連連轉頭，覺得十分有趣。她聽不懂別人說的大部分話語，但她喜歡聽人說話。

「蘑絲，但我認得他。他是雀鷹。」一說出這名字，格得的通名，便解放了她內心的柔軟，她終於開始想到、感覺到，這人的確是他，而從他們初次相遇以來，逝去多年的歲月就是兩人之間的連結。很久以前，她在黑暗中，地底下，看到一點星辰般的光亮，還有他在光芒之中的臉。「我認得他，蘑絲。」她微笑，然後笑得更開心。「他是我見到的第一名男子。」她說。

蘑絲嘟囔著躊躇不安。她不喜歡反駁「葛哈夫人」，但她完全無法信服。「可能是伎倆、偽裝、變形術或變身術。」她說，「親愛的，最好小心點。他怎麼會去到妳發現他的地方，而且如此荒僻？有人看到他走過村莊嗎？」

「妳們都沒……看見嗎？」

她們睜大眼睛望著她。她試著說「龍」，但說不出來。她的唇、舌不能吐出這字，但一個詞借她的嘴、她的氣息自行誕生，創造自己。「凱拉辛。」她說。

瑟魯直盯著她。一波溫暖、熱流彷彿從孩子身體流洩而出，宛如發燒。她依然無言，但動了動嘴唇，好像在複誦這名字，那波火熱在她四周燃燒。

「只是伎倆！」蘑絲說：「現在我們的法師不在了，一定會跑來各式各樣的騙子。」

「我跟隨雀鷹乘坐一艘無頂無蓋的小舟，從峨團到黑弗諾，從黑弗諾到弓忒。」恬娜淡淡地說：「蘑絲，妳看過他帶我來，他當時還不是大法師。但他就是他，一模一樣。難道別人會有這樣的傷疤嗎？」

遭反駁的老婦無語地整理心緒。她瞥向瑟魯，「沒有。可是……」

「妳認為我認不出他嗎？」

蘑絲抿抿嘴，皺起眉，拇指互搓，低頭看自己的手。「夫人，世上有很多邪物，會奪取人的形貌跟身體，但他的靈魂已經消失了……被吃蝕了……」

「妳是說尸偶？」

蘑絲聽到她如此公然說出這詞時瑟縮了一下。她點點頭。「是有人說，曾經，很久以前，雀鷹法師來過這裡，是妳跟他來之前。然後，一個黑暗之物跟著他來到……跟隨著他。或許它還在。或許……」

「是龍帶他來，」恬娜說：「然後以他的真名喚他。我知道那名字。」面對女巫固執的胡疑，恬娜的聲音充滿怒氣。

蘑絲無語站著。她的沉默是更好的抗辯。

「也許在他身上的影子是他的死神。」恬娜說：「或許他要死了。我不知道。如果歐吉安……」

一想到歐吉安，她又流淚不止，想到格得回來得太晚。她吞下淚水，走到木箱旁拾取柴火。她把水壺交給瑟魯，叫她去裝滿水。她一面說話一面輕觸瑟魯的臉，破裂大片的傷疤摸起來滾燙，但她沒發燒。恬娜跪下生火。在這個小小的家中，有女巫、寡婦、傷殘障，還有弱智者，總有人須為所該為，不讓哭泣聲嚇到孩子。但龍走了。難道除了死亡之外，什麼都不再來臨？

【第五章】

漸佳
Bettering

他像死人般躺著，但還未斷氣。他去了哪裡？經歷了什麼？那一夜，在火光中，恬娜從他身上脫下污漬、襤褸、被汗水滲硬的衣服。她為他抹身，讓他赤裸躺在亞麻床單上，躺在柔軟厚重的山羊毛被間。雖然他不高大，體格纖瘦，但也曾健壯、精力充沛；現在他瘦骨嶙峋，精力殆盡，脆弱至極，連割裂他肩膀、左臉，自太陽穴延伸至下顎的疤痕，都變細、變淡，頭髮已然灰白。

我厭倦哀悼，恬娜想，我厭倦哀悼、厭倦哀傷。我不會為他哀傷！他不是騎著龍回到我身邊了嗎？

我曾經打算殺了他，她想著，現在，如果可以，我要讓他活著。她以挑釁般的眼神看著他，不帶絲毫憐憫。

「是誰自大迷宮救出誰呢，格得？」

他不聞不動地沉睡。她很疲累。她用為他抹身所燒熱的水洗個澡，然後鑽進床裡，貼靠安睡的瑟魯，那小而暖、絲滑的沉靜。她睡著，而後夢境展開成一片風勢強勁的巨大空間，布滿粉光與金光。她的聲音呼喚：「凱拉辛！」一個聲音回應，從一道道光的鴻溝間喚出。

她醒來時，鳥兒正在田園及屋頂上宛轉歌啼。她坐起身，透過西面低矮矇矓的窗戶，看見晨光。在她心內有件全新事物，彷若種子或光點，小得看不見、想不清。瑟魯依然熟睡。恬娜坐在她身邊，望著窗外雲朵及陽光，想到親生女兒艾蘋，試著憶起嬰兒時期的艾蘋。只有最淡的一幕風景，她一專注便消逝——小小的胖身軀隨笑聲顫動，輕飄飄飛揚的頭髮……還有第二個孩子，因為是火石點起，玩笑地起名為星火。她不知道他的真名，艾蘋曾有多健壯，他就有多虛弱，早產又嬌小，兩個月大時差點因喉頭炎而死，往後兩年就像養小麻雀般，不知能不能活至隔天。但他撐住了，那點星火拒絕熄滅。愈長愈大，長成細瘦男孩，總是活力充沛，衝勁十足，在農場上卻幫不了忙，對動物、植物或人都沒耐性，開口說話只為自己求取，卻從不是為了愉悅，或交流愛與知識。

艾蘋十三歲，星火十一歲時，歐吉安自流浪中來訪。在山谷裡卡赫達河源頭泉水中，歐吉安為艾蘋命名，走在碧綠泉水中的她如此美麗，童女初長，然後他賦予她真名：哈佑海。他待在橡木農莊一兩天後，曾問男孩要不要一起到森林裡轉一轉。星火只搖了搖頭。「你的願望，是要做些什麼？」法師問他，孩子對他吐露無法對雙親說的話：「出海。」於是，三年後，畢椈賦予他真名不久，他便成為商船上的水手，在谷河口、歐瑞尼亞及北黑弗諾三地往返航行。有時他會回農莊一趟，但既難得也留不久，儘管這裡在他父親身故後將成為他的財產。他像恬娜一樣皮膚白皙，但像火石般高壯，臉龐窄長。他沒將真名告訴父母，或許他從未告訴任何人。恬娜已經三年沒看到他，他可能知道父親過世，也可能不知道；說不定他也死了，淹死了。但恬娜覺得不可能，他會將自己生命的火花帶過海洋，穿過風暴。就像她體內現有的一點火花，如妊娠時身體的篤定感，一項改變、一件全新事物。她不會問這究竟是什麼。不能問。真名不是問來的，它可能被賜與，也可能不會。

她站起身梳洗著裝。雖然天光還早，但已然溫暖，因此她未生火，坐在門口，喝杯奶，看著弓忒山的影子自海上慢慢退回。海風終年吹襲的石崖上，今天的風非常輕緩，有仲夏的感覺，柔軟豐厚，充滿草原香味。空氣中有一股甜意、一種改變。

「一切都變了！」老人在步向死亡的途中，悄聲、喜悅地如此說過。他的手覆蓋她的手，賜予她一份禮物，送出他的名字。

「艾哈耳！」她低語。兩隻躲在擠奶棚後面的山羊咩咩應答，等候石南到來。「咩——」一隻這樣叫，另一隻的聲音更深沉，如金屬般，「叭—啊！叭—啊！」以前火石常說羊只會壞事——火石雖是牧羊人，卻不喜歡羊。而雀鷹孩提時曾是這片山上的牧羊人。

她走進屋內，發現瑟魯已經起身，望著沉睡男子。她用手臂環繞孩子，雖然瑟魯經常閃躲碰觸或輕撫，甚至完全無感，這次卻接受恬娜，甚至似乎還稍稍靠向她。

格得精疲力竭，依然沉眠。他的臉朝上，露出四條白疤。

「他是被燒傷的嗎？」瑟魯悄聲問道。

恬娜沒立刻回答，她不知道這些疤痕的來歷。很久以前，在峨團大迷宮的彩繪室中，她曾經嘲弄地問他：「是龍嗎？」而他嚴肅答道：「不是龍。是累世無名者的遠親，而我知道它的真名……」她只知道這麼多，不過她明白「燒傷」對孩子的意義。

「是的。」她說道。

瑟魯繼續望著他，頭略略側偏，讓完好的眼睛能看著他，像隻小鳥，像隻麻雀或雀鳥。

「來吧，小雀兒，小鳥兒，他需要睡眠，妳需要桃子。今早也有熟透的桃子嗎？」

瑟魯小跑步出門，恬娜追隨在後。

孩子吃著桃子，研究一下她昨天種植桃核的地方。發現沒有小樹冒芽時，她明顯露出失望的神情，但什麼都沒說。

「澆水吧。」恬娜說道。

蘑絲阿姨近午時抵達。她身兼女巫與工藝人，擅長用高陵沼澤的燈心草編籃子，恬娜便請她教導這門技藝。在峨團長大，恬娜學會該如何學習；身為弓忒的外來者，她發現人們喜歡教導，所以她學會如何受教，進而被接納、讓她外來者的身分獲得諒解。

歐吉安將自己的知識授與她，火石也是。學習是她的習性，因為總有許多事可以學，超乎她身為見習女祭司或法師學生時所能想像。

燈心草已浸泡一段時間，今早她們要把燈心草分成一條條。這件細活兒不太複雜，也不太占注意力。

「阿姨，」恬娜開口道。兩人坐在門階前，中間一個碗浸泡著燈心草，前面一張墊子攤放割成一條條的草帶。「妳怎麼分辨一個人是不是巫師？」

蘑絲的回答非常曲折，一開口就是她慣用的格言，字句故弄玄虛。「慧眼相識，」她深沉地說：「天賦不藏。」然後說了個故事：有隻螞蟻在一座皇宮撿起一小根頭髮，帶回蟻巢，到了晚上，地底的蟻巢像顆星星般發光，因為那是偉大法師布洛司特的頭髮。但只有智者方能看到閃亮的蟻巢，凡人之眼只看得到黑夜。

「所以需要訓練吧。」恬娜說。

蘑絲曖昧地回答，大意就是不一定。「有些是與生俱來。即便本人不知曉，還是存在，就像藏在地穴內的法師頭髮會發出光芒一樣。」

「是的，」恬娜說：「我看過。」她俐落地劃開一根燈心草，將分開的兩半放在墊子上。「那妳怎麼知道一個人不是巫師？」

「不在。」蘑絲說：「親愛的，力量不在啊。妳聽我說，如果我有眼睛，我可以看到妳也有眼睛，對吧？如果妳眼盲，那我也看得到。如果妳只有一隻眼睛，像那孩子一般，或是妳有三隻，我也看得到，不是嗎？但如果我沒有眼睛可以看，那麼，除非妳告訴我，否則我不會知道妳有沒有眼睛。然而我可以，我看得到，我知道。第三隻眼！」她拍了拍額頭，大聲乾笑，像母雞剛生下蛋的歡賀啼聲。她很高興終於找到言詞來敘述她的意思。恬娜終於發現，她許許多多故弄玄虛及隱晦不明的詞句，不過是她不擅言詞的表現。沒人教她該如何連貫思考，沒人肯聆聽她想說什麼。所有人對她的期盼就是模糊不清、神祕兮兮、喃喃自語。她是個女巫，不須言詞清晰。

「我懂了。」恬娜說：「那麼，或許妳不想回答這問題，不過妳用第三隻眼，用妳的力量看著一個人時，妳看得到他們的力量，或看不到，是吧？」

「其實比較像是『知曉』。」蘑絲說：「『看』只是一種說法。這跟我看到妳、看到燈心草、看到那座山不一樣。應該是『知曉』。我知道妳有什麼，那可憐腦袋空空的石南沒有什麼；我知道那親愛的孩子有什麼，而那邊那男子沒有什麼；我知道……」她說不下去了，嘟囔著啐了一口。「只要是女巫就會知曉另一個女巫！」她終於清楚、不耐煩地說。

「妳們認得彼此。」

蘑絲點點頭。「哎，沒錯。就是這說法。認得。」

「那巫師就會認得妳的力量，然後知道妳是女術士……」

但蘑絲對她咧嘴笑，笑渦埋在一臉皺紋中。

「親愛的，」她說：「妳是指男人、有巫術的男人嗎？有力量的男人跟我們有什麼關係？」

「但歐吉安……」

「歐吉安大爺非常善良。」蘑絲的回答不帶諷刺。

她們沉默地割了一會兒燈心草。

「小心別割傷拇指了，親愛的。」蘑絲說。

「歐吉安教導我，不當我是女孩，而當我是他的學徒，就跟雀鷹一樣。蘑絲，他教導我創生語，我問他什麼，他都告訴我。」

「他獨一無二。」

「是我不願學，我離開他。我要他的書做什麼呢？那些對我有什麼好處呢？我想要生活，我想要一個男人，我想要孩子，想要我的人生。」

她用指甲整齊俐落地劃開燈心草。

「然後我得到我想要的。」她說。

「右手拿，左手丟。」女巫道：「哎，親愛的夫人，誰說得準呢？誰能說得準？想要個男人這種想法曾弄得我灰頭土臉。但結婚，絕對不可能！不用，不用，我可不要。」

「為什麼不？」恬娜質問。

蘑絲嚇了一跳，直率回答：「什麼人會娶女巫為妻？」她下頷動了動，像綿羊反芻。「什麼樣的女巫會嫁人？」

她們割著燈心草。

「男人又怎麼了？」恬娜小心問道。

蘑絲同樣小心地壓低聲音回答：「親愛的，我不知道，我想了很久。我常想這件事。我只能說，男人包在他的皮囊裡，就像顆堅果包在殼裡。」她舉起細長、彎曲、濕潤的手指，彷彿握住一顆核桃。「果殼又堅又硬，果肉飽滿。偉大的男人果肉，男人自己。只有這樣。全部只有這樣，裡面除了他自己，什麼都沒有。」

恬娜仔細思考一會兒，終於問道：「但如果他是巫師……」

「那裡面就全是他的力量。男人的力量就是他自己，知道嗎？就是這樣包在裡面。如此而已。他的力量一消失，他就不在了，空了。」她壓碎隱形的核桃，拋去空殼。「什麼都沒有。」

「那女人呢？」

「喔，親愛的，女人可就完全不一樣了。誰知道女人的來蹤去跡？夫人，妳聽我說，我有根，我有比這個島更深沉的根。比海更深，比陸地的升起更久遠。我起源於黑暗。」蘑絲紅通通的眼睛閃爍奇異光亮，聲音如樂器吟唱。「我起源於黑暗！我比月亮更古老！沒有人知道，沒有人知曉，沒有人能形容我是什麼、女人是什麼。有力量的女人。女人的力量，比樹根更深，比島根更深；比創世更古老，比月亮更古老。誰敢質問黑暗？誰會質問黑暗的真名？」

老婦搖晃，咒誦，迷失在自己的誦唱中，但恬娜挺身坐直，用拇指指甲將一根燈心草從中劃開。

「我會。」她說道。

她又劃開一根燈心草。

「我在黑暗中住得夠久了。」她說道。

每隔一陣子，她會探頭進去看看依然熟睡的雀鷹，現在又看了一次。她坐回蘑絲身邊時，不想重提方才的話題，因為老婦看起來不快而陰鬱，故她說：「今早我醒來時，感覺彷彿一陣新風吹過、一陣改變。也許只是氣候變化吧。妳感覺到了嗎？」

但蘑絲不置可否。「在高陵這裡吹著許多風，有些好，有些不好；有些帶來烏雲，有些帶來好天氣；有些帶來消息給懂得聆聽的人，但不願傾聽的人則聽不到。我只是個沒學過法術、沒讀過書的老太婆，我知道什麼？我所有的知識都在土裡，在黑暗的土裡，被那些驕傲的人踩在腳下，被那些驕傲的大爺和巫師踩在腳下。那些知識豐富的人為什麼要低頭看看？一個老女巫能知道什麼？」

她會是個可畏的敵人，恬娜想著，也是難相處的朋友。

「阿姨，」她拾起一根燈心草。「我在女人中長大，只有女人。在很遠的東方，卡耳格的土地上，一處叫峨團的地方。我自小就被帶離家，當成女祭司在沙漠中養大。我不知道那兒的名字，在我們的語言中，只叫它『所在地』。那是我唯一知道的地方。有幾名士兵守著圍牆，但他們不能走入牆內，我們也不能走出牆外。我們是一個群體，都是女人跟女孩，有宦人管護我們，不讓男人入內。」

「妳說那些是什麼人？」

「太監？」恬娜下意識用了卡耳格語。「被閹割的男人。」

女巫呆望，然後說聲：「去！」並做出避邪手勢，吸吸嘴唇。訝異破除了她的不滿。

「其中一人對我來說，是最近似母親的人……但妳現在知道了，阿姨，到我長大前，從未見過男人，只有女孩跟女人。但我不知道女人是什麼，因為我知道的都是女人。就像活在男人中的男人，像水手、士兵，還有柔克的法師——他們知道男人是什麼嗎？如果他們從未跟女人說過話，怎麼可能知道男人是什麼？」

「是不是把他們像公羊跟山羊一樣，」蘑絲問道：「用閹割刀切下去？」

驚惡、血腥，還有一點報復的快感，凌駕了怒氣與理智，蘑絲只想討論太監的話題。

恬娜沒什麼可以告訴她，她發現自己從未想過這件事。她還是小女孩住在峨團時，四周就已經有閹人，其中一個溫柔地疼愛她，而她亦然，但她殺了他以逃離他身邊。然後她來到了沒有閹人的群嶼區，也忘了他們，任其與馬南的身體一起沉埋於黑暗。

「我想，」她說道，試圖滿足蘑絲對細節的渴望，「他們會抓來年輕男孩，然後……」但她停下來。她的手停住。

「像瑟魯一樣。」在漫長停頓後，她說道：「孩子是做什麼用的？他們能有什麼用處？被利用。被強暴、被閹割……蘑絲，妳聽我說，我住在黑暗之處時，他們正是如此對待孩子。來到這裡後，我以為我進入了光明。我學會真語，也有了自己的男人、生了孩子，我活得很好。在光天化日下。但在光天化日下，他們依然如此對待一個孩子。就在河邊的草原上——歐吉安就是在那條河的源頭賦予我女兒真名，也是在太陽下。蘑絲，我想找到我可以生活的地方。妳懂得我的意思嗎？了解我想說的話嗎？」

「原來如此。」老婦說著，一會兒又接續，「親愛的，妳不必主動去尋找，世上的悲苦已經夠多了。」然後，看到恬娜試著劃開一根堅韌燈心草時手在顫抖，她又說了一次：「別割到妳的拇指了，親愛的。」

直到第二天，格得才甦醒。蘑絲雖然是個髒得可怕的看護，但熟練的技巧仍然順利餵了他幾匙肉湯。「他餓壞了，」她說道：「也渴得要命。他之前待的地方沒什麼可吃可喝的。」再次審視他之後，又說：「我想他已回天乏術。人太衰弱，就算極度想喝水，也沒辦法嚥下半滴。我看過一個很健壯的人就是這樣死的。只不過幾天，就乾萎成影子一樣。」

但因為她毫不懈怠的耐心，終於塞進幾匙肉跟草藥湯。「現在就等著看吧，」她說：「我猜是來不及了，他正漸漸死去。」她的言語中毫無遺憾，說不定還有一點竊喜。這男子對她而言毫無意義，而死亡可是件大事。也許她可以埋葬這個法師，別人不讓她埋葬老法師。

隔天，恬娜正為格得的雙手塗抹藥膏時，他醒了。他一定在凱拉辛背上騎了很久，因為他死命握住鐵鱗，結果磨去了掌心的皮，使得手指內側一再割傷。睡眠中，他依然緊握雙手，彷彿不願放走已離去的龍。她必須輕柔地扳開他的手指來為傷口清潔及上藥，但她這麼做，他會大喊出聲，身體顫抖，伸出雙手，彷彿覺得自己正在墜落。他睜開眼，她悄聲對他說話。他望著她。

「恬娜。」他說道，沒有微笑，純粹只是超越情感的辨認。這讓她感到一份純粹的滿足，有如一絲甜味，或一朵鮮花，因為還有一個活著的人知道她的真名，而這人是他。

她俯向前，吻他的臉頰。「躺好，」她說道：「讓我把這處理完。」他聽話，很快又陷入沉睡，這次雙手攤開而放鬆。

稍晚，躺在瑟魯身邊漸漸入睡時，她想著，我竟從沒吻過他。這念頭撼動了她。起初她無法置信，不可能，這麼多年來……在陵墓中沒有，但之後，一起在山中旅行……在「瞻遠」上，一同航向黑弗諾……他帶著她來到弓忒……

沒有。連歐吉安都從未吻她，她也沒吻過他。他叫她女兒、疼愛她，但從沒碰過她；而她，從小到大都是以孤獨、不可碰觸的女祭司、聖物的身分長大，從未尋求他人的碰觸，或從未知道自己在尋求。她會將額頭或臉頰靠在歐吉安攤開的掌心一會兒，他可能很輕很輕地撫過她的頭髮一次。

格得甚至沒這樣做過。

我難道連想都沒想過嗎？她懷著自己都不敢相信的敬畏自問。

她不知道。她試圖勾起這念頭時，一種恐懼、侵犯的感覺強烈地席捲而來，然後毫無意義地淡去。她的嘴唇知道他右頰靠近唇邊那處微微粗糙、乾爽、清涼的肌膚，只有這件事有其重要、有其份量。

她睡著，夢到有個聲音喚她：「恬娜！恬娜！」而她回應了，如海鳥一般高鳴，飛翔在海上的光芒。但她不知道自己叫喚的是誰的名字。

雀鷹令蘑絲阿姨失望，他活了下來。一兩天後，她終於放棄，承認他被救活。她會來餵他羊肉、草根和草藥混煮的湯，讓他靠著她的身體，以強勁體味包圍他，一匙匙餵入生命，同時抱怨。雖然他認得她，以她的通名稱呼，且她也無法否認這的確是人稱雀鷹的男子，但仍想否認。她不喜歡他，說他渾身不對勁。恬娜十分信任女巫的智慧，因此這點讓她頗為不安，但她無法在自己內心找到同等的懷疑，只為他的存在及日漸康復感到喜悅。「他完全恢復正常後，妳就會明白了。」她對蘑絲說道。

「正常！」蘑絲說，然後以手指做出壓碎、丟棄堅果殼的手勢。

很快他就詢問歐吉安的下落。恬娜一直很擔心這個問題。她告訴自己，甚至幾乎說服自己，他不會問，會像法師一般知道，如同歐吉安過世時，甚至弓忒港及銳亞白的巫師都知道一樣。但在第四天清晨，她走向他時，他已醒，抬頭望向她說：「這是歐吉安的屋子。」

「艾哈耳的屋子。」她盡可能輕鬆回答。對她來說，講出法師的真名依然不容易。她不知道格得是否知曉這名字。他一定知道。歐吉安會告訴他，或者不須告訴他。

他好一陣子沒有反應，終於開口時，聲音毫無表情。「那他去世了。」

「十天前。」

他平躺著直視前方，好像正在思索，試著瞭解什麼。

「我什麼時候來的？」

她必須靠近他才聽得清楚他的話。

「四天前，傍晚時。」

「山裡沒別人。」他說，然後身體皺縮了一下，輕微顫抖，彷若身陷痛苦，抑或回憶起無可忍耐的痛苦。他閉上眼，皺眉，深呼吸一口氣。

他體力一點一滴回復，皺眉、屏住的呼吸及緊握的雙手對恬娜而言已成熟悉景象。力氣回到他體內，但沒有帶來舒適或健康。

他坐在門前，沐浴在夏日午後陽光中，這是他下床以來走得最遠的一次。他坐在門檻上望向天空，從豆田走向屋子的恬娜看著他。他依然有種如灰燼、虛影般的氣質，不只因為灰白的頭髮，更來自皮膚跟骨頭的某種質態，而他的身體除了皮跟骨外，所剩無幾。他眼神無光。但這影子，這灰燼般的男人，與當初她看到的那張沐浴於自身力量光芒中的臉，是同一人——面容堅毅、鷹勾鼻、細緻的嘴，是個英俊男子。他一直是個驕傲、英俊的男子。

她向他走去。

「你需要的正是陽光。」她對他說，他點點頭，但即使坐在傾洩的夏日暖意裡，他雙手依然緊握。

面對她時的沉默，讓她以為或許是自己的存在令他心煩。或許他不能像過去一般輕鬆待她。畢竟他現在是大法師——她一直忘記這點。而且，從他們攀過峨團山區，同乘「瞻遠」航越東海至今，已過了二十五年。

她心念一動，突然問道：「『瞻遠』呢？」然後想，我多蠢啊！都這麼久了，他已成為大法師，當然不會擁有這艘小船。

「在偕勒多。」他回答，表情凝結在持續難解的哀傷中。

如同「永遠」那麼悠久以前，如同偕勒多島那麼遙遠的地方……

「最遠的島。」她說道，半是問句。

「西方盡頭。」他說道。

兩人坐在餐桌前，剛用完晚餐，瑟魯到外面玩耍。

「所以你是乘在凱拉辛背上，從偕勒多過來的？」

她說龍的名字時，它再次自行塑造她的嘴形，發出自己的形狀跟聲音，說出自己，讓她吐出輕柔火焰。

他聽到這名字，抬頭看了她一眼，眼神銳利，讓她意識到，他通常完全不會直視她雙眼。他點點頭，然後修正答案以求精確：「從偕勒多到柔克，再從柔克到弓忒。」

一千哩？一萬哩？她毫無概念。她看過黑弗諾珍藏室中的大地圖，但沒人教過她數字概念或距離概念。**如同偕勒多島那麼遙遠的地方……**龍的飛行距離能以哩計嗎？

「格得，」她喚他的真名，因為此時兩人獨處。「我知道你歷經極大的痛苦與危難。如果你不想——或許你不能——或許你不該告訴我，但如果我知道，如果我知道梗概，我也許更能幫助你。我希望能幫你，而他們很快會從柔克來接你，派艘船來接大法師，說不定請龍來！然後你會再度離開，而我們仍未曾促膝長談。」她說，在用字或語調不對時雙手緊握，如同她當時嘲笑龍時、她像個責難的妻子般發牢騷時。

他低頭盯著餐桌悶悶不樂，默默忍耐，彷彿田裡辛勞一天後的農夫正面對家庭爭吵。

「我想不會有人從柔克來。」他說，這句話花了他十足的努力，以致他停頓了好一會兒才繼續說：「給我一點時間。」

她以為他說完了，因此回答：「是的，理應如此。對不起。」正站起身清理桌子時，他又開口，依然頭低低、語音不清地說道：「我現在，有時間了。」

接著他也站起身，把盤子端到水槽，繼續把餐桌清乾淨。他負責洗盤子，恬娜收拾殘餚。這點讓她很感興趣。她一直拿他與火石相比，但火石這輩子從沒洗過一個盤子。這是女人的工作。但格得跟歐吉安都獨身住在這裡，沒有女眷。格得住過的每一處都沒有女人，因此他做「女人的工作」，毫不以為意。她想，如果他會在意，如果他開始擔心自己的尊嚴與擦碗布同等，就太可惜了。

沒人從柔克來找他。任何船都無法在他們談論此事時即刻趕到，除非全程以法術風吹送。只是，日子一天天過去，依然沒有尋找他的訊息或跡象。人們這麼久不打擾大法師，她感到非常奇怪。一定是他禁止人找他，或者用巫術藏匿行蹤，讓人無從找起，才不被認出，因為出乎意料，村民仍對他的存在不太注意。

銳亞白領主沒派任何人前來，則不太意外。該族領主與歐吉安的關係一向不佳。村里謠言說，該族女性均擅長黑暗技法。村民說，有人嫁給北方領主，結果遭活埋在岩石下，另一名女子想改造她子宮內未出世的胎兒，試圖讓他擁有力量，而他在出生時的確說出某些字句，但他沒長骨頭。「就像一小袋皮一樣，」產婆在村裡悄聲謠傳，「一個有眼睛、有聲音的小袋子，完全沒吸過奶，但操某種怪語言，然後死去……」無論這些故事是真是假，銳亞白領主一向離群索居。身為法師雀鷹的旅伴、法師歐吉安的養女、將厄瑞亞拜之環帶至黑弗諾的人，一般人都認為恬娜剛到銳亞白時會受邀住進大宅邸，但她沒受邀。她反而很高興地獨居於村裡織工阿扇的一間小農舍，她極少見到宅邸中人，也總只遠觀。蘑絲告訴她，現在大宅邸沒有女主人，只有老領主，年歲很大，還有他孫子和年輕巫師，名為白楊，自柔克學院聘來。

自從歐吉安手握蘑絲阿姨的符咒，在山徑旁的樹樹下入葬以來，恬娜便沒見過白楊。奇怪的是，他不知道地海大法師正在自己村內，抑或即便知道，卻為了某種原因避不見面。前來埋葬歐吉安的弓忒港巫師也沒再來過。即使他不知道格得在這裡，至少也知道她是誰——她是「雪白女士」，手腕曾套厄瑞亞拜之環，讓和平符文重新完整。而這一切又是多少年前的事了？老太婆！她對自己說道。妳昏頭了嗎？

話說回來，畢竟是她告訴他們歐吉安的真名，某些禮數還是不可缺的。

但巫師就是巫師，對禮數置若罔聞——他們是力之子，只與力量打交道，而她現在有什麼力量呢？難道她真有過力量？她還是女孩、女祭司時，她是個器皿：黑暗地域的力量穿過她、使用她後，在她體內點滴不留，毫無痕跡；她是年輕女子時，強大的男子教會了她強大知識，但她棄之不顧，不肯碰觸；身為女人，她當時選擇、得到女人的力量，而那段時間已過，身為妻子與母親的責任已了。她已不再有任何東西或任何力量可供他人辨認。

但一隻龍曾對她說話。「我是凱拉辛。」牠說道。「我是恬娜。」她回答。

「『龍主』是什麼？」她在大迷宮裡，黑暗之地，曾如此問格得，試圖否認他的力量，試圖要他承認她的力量。而他坦誠無欺，讓她永遠對他放下戒心。「是龍願意對談的男人。」

所以，她是龍願意對談的女人。這難道就是她那天在面西小窗前甦醒時，內在感受到的新產物、蜷縮的知識、輕巧的種子？

餐桌上短暫對話的幾天後，她正為歐吉安的蔬菜園鋤草，拯救他春天埋下的洋蔥種子免受夏日雜草侵害。格得自己打開了防止山羊跑進的高圍籬柵門，從另一端開始除草。他工作了一會兒，然後往後坐下，低頭看自己的手。

「讓它們慢慢癒合。」恬娜溫柔說道。

他點點頭。

一排高豆藤花已開始綻放，香味甜美無比。他瘦弱的手臂擱在膝頭上，凝視陽光下一叢藤蔓、花朵、低垂豆莢。她邊說邊工作：「艾哈耳去世時，說：『一切都變了……』從他過世後，我為他哀悼、為他哀傷過，但有某種事物舒緩了我的哀傷，某種東西正在誕生……正被解放。我知道在我安睡與初次甦醒之間，某些事已經改變了。」

「是的。」他說：「一種邪惡終結了，而且……」

長長沉默後，他再度開口，沒看著她，但聲音首次聽來像她記憶中的聲音，輕緩、沉靜，帶著平平的弓忒腔。

「恬娜，妳記得我們剛到黑弗諾的時候嗎？」

我忘得了嗎？她內心回應，但緘口不語，害怕話語會將他逼回沉默。

「我們將『瞻遠』駛進港，走上碼頭——臺階由大理石鋪成，那些人，都是人——然後妳抬起手，讓他們看到環……」

……而且握著你的手。我那時的恐懼已非恐懼二字足以形容：臉、聲音、顏色、高塔旌旗、金、銀、聲、樂，我唯一知曉的就是你——在整個世界裡，我唯一知曉的就是你，站在我身邊，一同向前走……

「王室管事領我們至厄瑞亞拜塔底，穿過充滿人群的街道，然後，只有我們兩個，獨自爬上高高臺階。妳記得嗎？」

她點點頭，將雙手平放在剛除過草的泥土上，感覺它粗糙的清涼。

「我打開門，很沉重，起先還卡住，然後我們走進房間。妳記得嗎？」

他彷彿是在尋求安慰：真的發生過嗎？我真的記得嗎？

「那是座很大、很高的廳堂。」她說：「讓我想起我的廳堂，我被吞食的地方，但只因為它也很高。光從塔頂窗戶灑下，一道道光芒如劍鋒交錯。」

「還有王座。」他說道。

「王座，是的，一片金光赤紅，卻空空如也。就像峨團廳堂中的寶座一般。」

「已經不是了。」他說，越過一片綠色洋蔥苗看著她，表情生硬、充滿留戀不捨，彷彿命名了一份自己無法掌握的喜悅。「黑弗諾有王了，就在世界中心。預言已經實現：符文癒合，世界也重合完整，和平之日已降臨。他……」

他低頭望著地，雙手緊握。

「他帶我由死回生。英拉德的亞刃、未來歌謠將傳頌的黎白南。他冠上他的真名，黎白南，地海之王。」

「是因為這樣，」她問道，跪著看他：「所以有這份喜悅、這份進入光明的感覺？」

他沒回答。

黑弗諾有王了，她想，然後大聲說：「黑弗諾有王了！」

那美麗城市的景象長存她心中：寬廣街道、大理石高塔、鋪陳的銅瓦、港中滿張白色船帆的船艦、太陽像劍鋒般射入美麗寶殿、一切豐饒、尊嚴與和諧、秩序尚存。從那光明的中心，她看著秩序如完美的漣漪向四面八方擴散、像大道般直聳，或如迎風航行的船隻，往當行處而行，帶來和平。

「親愛的朋友，你做得很好。」她說道。

他的手微動，像要制止她的話語，然後轉身背向她，以手掩口。她不忍看到他的淚水，因此彎腰繼續工作。她拔起一根根雜草，草梗卻從根斷折。她雙手挖扒，試圖找出埋藏在黑色大地下，深入土壤的草根。

「葛哈。」瑟魯脆弱、崩裂的聲音在柵門口響起，恬娜轉身。孩子的半臉上，看得見與看不見的眼睛直望著她。恬娜想，我要不要告訴她，黑弗諾有王了？

她起身走到柵門，好讓瑟魯毋須大喊。畢椈說，那孩子失神躺在火中時，吸進了火焰。「她的聲音被燒光了。」他解釋。

「我正看著西皮，」瑟魯悄聲道：「但牠從金雀花牧地逃走了。我找不到牠。」

這是她說過最長的話，她因跑步與試圖忍住眼淚而全身顫抖。不能讓大家哭成一團，恬娜對自己說，這實在太愚蠢了，絕對不行！「雀鷹！」她轉身說：「有隻山羊跑掉了。」

他立即起身，走到柵門。

「去泉屋找找看。」他說道。

他看著瑟魯，彷彿看不到她醜陋的瘡疤，彷彿幾乎看不到她，一個丟失山羊的孩子，必須找回山羊的孩子；他看到的是山羊。「或許牠跑去找村裡的羊群了。」他說。

瑟魯已跑向泉屋。

「她是妳女兒嗎？」他問恬娜。他之前對這孩子隻字不提，恬娜這瞬間滿腦子都想著：男人多奇怪。

「不，也不是我孫女。但她是我的孩子。」她說。是什麼原因讓她又開始對他冷嘲熱諷？

正當他打開柵門往外走，西皮朝兩人衝了過來，黃褐色一閃而逝，瑟魯在後遠遠追趕。

「喝！」格得突然大喊，縱身擋住山羊去路，將牠直接推往大開的柵門與恬娜懷裡，她差點抓不住西皮鬆脫的皮項圈。山羊立刻靜止不動，像羔羊般乖巧，用一隻黃眼睛覷著恬娜，另一隻盯著排排洋蔥苗。

「出去。」恬娜說，將牠拉出山羊樂園，帶回屬於牠的貧瘠牧地。

格得坐倒在地，像瑟魯般氣喘噓噓，也可能更累，因為他喘息連連，而且顯然頭暈目眩，但至少不再掉淚。羊只會壞事。

「石南不該叫妳看著西皮，」恬娜對瑟魯說：「沒人看得住西皮。如果牠又跑掉，告訴石南，別擔心。好嗎？」

瑟魯點點頭，她正瞧著格得。她看人很少超過一瞥，男人尤是，但她正直直盯著他，頭像麻雀般半偏。英雄誕生了嗎？

【第六章】

漸壞
Worsening

夏至已過了一個多月，面西的高陵依然晝短夜長。瑟魯這天很晚回家，由於一整天跟著蘑絲阿姨採集草藥，累得吃不下飯。恬娜安頓她上床，對她唱歌。這孩子太累時會睡不著，像麻痺的小動物般蜷曲在床上，呆視著幻覺，直到像做噩夢般非睡非醒，對外界渾然不覺。恬娜發現，只要抱著她唱歌哄她入睡，就可避免這種情況。唱完在中谷當農婦時學會的歌謠，便唱更早於峨團陵墓當孩童女祭司時學會的卡耳格頌經，迴旋無盡、單調甜美的奉獻乞求催眠了瑟魯，而頌經所崇奉的無名力量與空寶座，如今葬於地震崩落的頹圮塵土。她感覺歌曲已無咒力，而且她喜歡以母語唱歌，雖然她不知道峨團母親為孩子唱什麼歌謠，她的母親又為她唱過什麼歌謠。

瑟魯終於沉沉睡去。恬娜將她從懷中輕放到床上，等了一會兒，確認她繼續熟睡。她環視一圈確定自己獨處後，跡近心懷愧疚、卻也猶如進行歡悅儀式般，迅速將修長淺白的手遮在孩子臉側，擋住被火吞蝕，只剩塊狀光禿疤痕的眼睛與臉頰。在她碰觸下，一切都得以消逝，皮膚癒合完整，成為孩子圓潤、柔軟、熟睡的臉，彷彿她的碰觸重建真實。

她輕輕、不捨地抬起掌心，看到無可療治的損失，永不平復的創口。

她俯身親吻疤痕，安靜站起，走出屋外。

太陽在一片遼闊的珠潤迷霧中落下，四周無人，雀鷹大概在林中。他開始拜訪歐吉安的墳，在槲樹下靜默地一待數時辰。他體力漸復後，開始漫遊歐吉安鍾愛的林徑。他顯然食不知味，恬娜必須特意要求他吃飯；他拒絕友伴，只愛獨處。瑟魯如他一般沉默，願意跟隨他到天涯海角，不會打擾他，但他坐立不安，最後會要孩子回家，自己走到更遠處——恬娜所不知的目的地。他很晚進門，倒頭就睡，且經常在孩子跟她醒來前即出門。她會準備麵包跟肉片讓他帶著。

現在，她望著他走過草原小徑，那是她攙扶歐吉安走完最後一程的艱辛長路。他穿過濛亮空氣而來，走過風偃草葉，穩穩踏步，如石頭般堅固地閉鎖在自己執拗的哀淒中。

「你會在房子附近嗎？」她隔著一段路問道：「瑟魯睡了，我想去走走。」

「會的，去吧。」他說。她漫步走開，思索這些男人無視，女人卻受控的迫切之務：必須有人待在熟睡孩童附近；一人的自由代表另一人的不自由——除非達到某種不斷改變的動平衡，例如行進的身體，像她現在一樣，雙腳輪流邁步，一前一後，操持卓越技藝……而後，逐漸深沉的天色與海風柔軟的堅持，取代了思緒。她繼續心無雜念地行走，直至崖際砂岩終於停步，遙望太陽消失在寧靜的玫瑰色迷霧中。

她跪下，目光逡巡，指尖摸索，發現岩石上一道長長、淺淺、模糊的刻紋，直刮到懸崖邊：是凱拉辛尾巴留下的痕跡。她一再用手指追畫，望向暮色鴻溝，幻想。她說了一次。這次名字在她口中不是火焰，而是輕嘶從唇間緩曳而出：「凱拉辛……」

她抬頭望向東方。突出於森林之上的弓忒山頂正紅，映著下方已然消逝的光芒，在她的注視下顏色漸淡。她別開頭，再回過眼時，山峰已然木灰、隱逝，山坡密林晦暗。

她等待夜星出現，當它閃耀在迷霧上方時，她慢步回家。

家，亦非家。為何她在歐吉安的屋子，看顧歐吉安的山羊和洋蔥，而非在自己的農莊，看顧自己的果園及羊群？「等著。」他說道，而她也等了，龍來過了，格得也幾乎痊癒了。她已達成使命、照料好房子。她不再被需要，是該離開的時候。

但她無法想像離開這高聳的山崖、這鷹巢，再次回到低地，那舒適農田、無風內地。每次這念頭都讓她心緒低落暗沉。她在那面西小窗下做的夢又該當如何？在這兒找到她的龍又該當如何？

屋門依然敞開，讓光線跟空氣自由進入。沒有燈光也沒有火光，雀鷹坐在乾淨爐邊的矮椅上。他常坐在那兒。她想，那應該是他還年少、在跟隨歐吉安的短暫學徒歲月中所坐的位子。當年冬天，她還是歐吉安的學生時，那也曾是她的位子。

他看著她進屋，但眼光未落在門口，而在右邊，在門後黑暗角落。歐吉安的巫杖佇立，一枝沉重的橡木棍，手把處打磨得光滑，與它主人一般高。瑟魯將那把她去銳亞白途中所砍下製成的榛樹棒跟赤楊棍置於旁邊。

恬娜想，他的巫杖，他的紫衫巫杖——歐吉安給他的那把——到哪兒去了？同時也想，為什麼我現在才想到這點？

屋內非常黑暗，顯得有點悶。她感到壓迫。她曾希望他留下來與她說話，但現在他坐在那兒，她卻對他無話可說，反之亦然。

「我在想，」她終於說道，將置於橡木邊櫃的四只碟子擺正，「該是我回到自己農莊的時候了。」

他什麼都沒說，可能點了點頭，但她背轉向他。

她突然累癱了，想上床睡覺，但他坐在房子前半，而且屋內並未全暗，她總不能在他面前寬衣。羞恥讓她憤怒，她正要請他出去一會兒，他遲疑地清清喉嚨，開口。

「書，歐吉安的書，符文書及兩本智典，妳會一併帶走嗎？」

「我帶走？」

「妳是他最後一名學生。」

她走到火爐邊，坐在歐吉安的三腳椅上面對他。

「我學會寫赫語符文，但可能已忘了大半。他教了我一些龍語，我記得部分，但其餘都不行了。我沒成為行家或巫師，我結婚了，你知道吧？歐吉安會將他的智慧留給一個農婦嗎？」

沉默一陣之後，他毫無表情說道：「他總有把書留給某人吧？」

「自然是你。」

雀鷹沒說話。

「朋友，你是他最後的學徒，也是他的驕傲。他沒明說，但書當然歸你。」

「我拿它們做什麼呢？」

她穿過暮色盯著他。西面窗戶在房間底端微微發亮。他聲音中執拗、無情、不明的怒氣引發她自己的憤怒。

「你是大法師，還要問我嗎？格得，你為什麼要讓我顯得比傻子更呆？」

他立刻站起，聲音顫抖。「但妳難道不……妳看不出來……一切都結束了……都不在了！」

她坐著，盯著他，想看清他的臉。

「我沒有巫力，什麼都不剩。我給予……付出……我的一切。為了關閉……所以……所以完成了，結束了。」

她想否認他說的一切，但無法做到。

「像倒出一點水，」他說：「在沙地上倒出一杯水。在旱域。我不得不如此，但我現在無法止渴。一杯水倒在沙漠中，當時、現在，又能改變什麼？沙漠消失了嗎？啊！妳聽……它曾從那扇門背後對我悄聲低語：聽著！聽著！我年輕時走進那乾旱地，我在那兒與它面對面，我變成它，我與自己的死亡結合，它給了我生命。水，生命之水。我曾是座噴泉、湧泉，流洩，給予。但泉水在那兒流不動。我最後所有僅是一杯水，而我必須將它傾倒在沙地上，在旱溪上，在黑暗中的岩石上。所以不在了。結束了。完成了。」

她知道的夠多了，從歐吉安與格得本人那兒，她知道他說的那地方，雖然他描述的是景象，那並非表象，而確是他知曉的真實。但她也知道自己必須否認他說的一切，即使那都是真的。「格得，你沒給自己時間。」她說道：「死而復生是很遠的旅程，就算騎在龍背上也是。會需要時間的。時間，以及靜謐、沉默、平靜。你受過傷，但會癒合。」

他良久不語，只立在那兒。她以為她說對了，給了他某些安慰，但他終究再度開口。

「像那孩子一樣嗎？」

這句話像銳利無比的刀，她甚至感覺不到刺穿的瞬間。

「我不知道妳為什麼收養她，」他以同樣輕柔平淡的聲調說：「既然知道她再也無法痊癒，知道她的人生將會如何。我想這就是我們正經歷的時代——黑暗的時代、頹圮的時刻、終結的時分。我想，妳收養她的原因跟我去面對自己的敵人一樣，因為這是妳唯一能做的。因此，我們必須帶著打敗邪惡的戰利品活在這個新時代。妳帶著燒傷的小孩，我則一無所有。」

絕望以靜謐的聲音平和說道。

恬娜轉身看著立在門右方暗處的巫杖，但它沒有光芒，從裡到外，完全黑暗。透過大開的門框，高高淡淡地亮著兩顆星。她看著它們，想知道那是什麼星。她起身摸黑經過餐桌往門口走去。迷霧升起，只露出幾顆星，她從門內看到的其中一顆，就是在峨團，她的母語稱為「恬哈弩」的白色夏星。她不知道這裡的人如何以赫語稱呼恬哈弩，也不知道它的真名，龍稱呼它的名字。她只知道自己母親會如何喚它：恬哈弩，恬哈弩；恬娜，恬娜……

「格得，」她從門口背對屋內問道，「誰拉拔你長大？」

他走到她身旁，也向外望著多霧海空、星辰、凌駕於上的烏黑大山。

「沒什麼人。」他說：「我母親在我襁褓時去世；有幾個哥哥，但我不記得他們；我父親是個銅匠；還有我姨媽，她是十楊村的女巫。」

「像蘑絲阿姨。」恬娜說道。

「還更年輕。她有些巫力。」

「她叫什麼名字？」

他沉默。

「我不記得了。」他緩緩道。

過一會兒，他說：「她教我一些真名：獵鷹、遊隼、老鷹、鶚、蒼鷹、雀鷹……」

「你怎麼叫那顆星？上面高高的、白色的那顆。」

「天鵝之心。」他說，抬頭望。「在十楊村，人們叫它『箭星』。」

但他未以創生語說出它的名字，也沒說出女巫教他的隼、獵鷹、雀鷹等真名。

「我剛剛……在屋裡……說的是錯的。」他輕輕開口：「我不該說話。原諒我。」

「如果你不願說話，那除了離開你，我還能怎麼做？」她轉身向他。「你為什麼只想著你自己？總是你自己？出去一會兒，」她怒氣沖沖地告訴他，「我要更衣睡覺了。」

他慌張嘟噥著歉意，走了出去。她走向壁龕，脫下外衣上床，將臉埋在瑟魯後頸那絲般秀髮掩蓋的甜美溫暖中。

「知道她的人生將會如何……」

她對他的怒氣、她愚蠢地否認他說的一切事實，都是來自失望。雖然雲雀說了不下數十次，說已經無能為力，她依然希望恬娜能治癒火傷；雖然恬娜不斷說連歐吉安都無能為力，她依然希望格得能治癒瑟魯，將手放在那傷疤上，然後一切都將完整無缺，失明的眼睛發亮、枯爪般的手柔軟、毀棄的人生完整。

「知道她的人生將會如何……」

別開的臉龐、驅除邪惡的手勢、恐懼與好奇、黏膩的憐憫與窺伺的威脅，因為傷害招致傷害……永遠沒有男人的臂彎，永遠不會有人擁抱她，除了恬娜，不會有任何人。他說得對，那孩子當時就該死去，她應已死。她們應該讓她去那乾涸之土，她、雲雀與亞薇，多事的老太婆，心軟而殘酷。他是對的，他總是對的。但那些利用她滿足需求與取樂的男人，那些任她遭利用的女人——他們的確應該打昏她，把她推入火堆燒死，只是做得不夠徹底，最後手軟了，在她體內留下生命的火花。他們做錯了。而她，恬娜，做的一切也都是錯的。她幼時已獻給黑暗力量，被祂們吞食，人們任她被吞食。難道她認為，只要跨過海洋、學習其他語言、成為男人的妻子、孩子的母親，只要過著她的人生，她就可以超越原本的她？不再是祂們的僕人、祂們的食物、任其使用以滿足祂們的需求與遊樂？她身受摧毀，也將遭毀者招來身旁，成為自身毀壞的一部分、自身邪惡的軀殼。

孩子頭髮細緻、溫暖、香甜。她窩在恬娜雙臂的溫暖中做夢。她怎麼可能做錯？她被錯待，永難彌補，但她沒錯。沒有迷失，沒有迷失，沒有迷失。恬娜抱著她安睡，讓夢中光芒充斥心靈：明亮空氣、龍的名字、星辰的名字、天鵝之心、箭星、恬哈弩。

她梳理黑山羊毛皮以取得細緻的內絨毛，好紡成毛線，請織工製成布料：弓忒島絲軟的羊絨。老山羊以前已被梳理不下千次，也非常喜歡，故緊緊貼靠讓梳齒一拖一拉。梳下的灰黑絨毛變成一球球軟軟髒髒的雲朵，最後讓恬娜塞進網袋。她梳開山羊耳邊打結的瀏海以示感謝，友好拍拍牠圓滾滾的肚子。「巴——」山羊叫道，躂躂跑走。恬娜走出圍牧地，來到屋前，向草原瞥一眼，確定瑟魯還在那兒玩。

蘑絲教會孩子編織草籃，雖然那殘缺的手非常不靈活，但終於抓到訣竅。她坐在草原中，未成的作品放在腿上，但她沒做事，她看著雀鷹。

他站在一段距離以外，靠近崖邊，背向她們，也不知道有人看著他，因為他看著一隻鳥，一隻年輕紅隼，那隼正盯著草叢中發現的小獵物。牠停滯在半空中拍動翅膀，想趕出那隻田鼠或小老鼠，讓牠嚇得逃回窩裡。男子也同樣專注、飢渴地凝望那隻鳥。他緩緩抬起右手，平舉約前臂高，然後似乎開口說了什麼。但他的語音被風吹散，紅隼掉頭，發出高亢、刺耳、尖銳的鳴叫，拔高飛往森林。

男子放下手臂，凝立不動，看著那鳥。孩子與女子亦不動。只有鳥兒高飛，自由離去。

「他曾變成隼，變成遊隼來到我身邊。」一個冬夜裡，歐吉安在爐火邊說道。他告訴她關於變形咒、變形、法師包桔變身為熊的事。「他從西北方飛向我，落在我腕上。我將他帶到火邊，他無法說話。因為我認得他，所以能幫他卸下獵鷹之形，重新為人。但他內心總有一部分是鷹。他村裡稱他為雀鷹，因為野隼會聽從他的話語，到他身邊。我們是誰？身為人的意義是什麼？在他擁有真名、擁有智識、擁有力量之前，鷹已在他體內。身為人的部分也是、法師的部分也是，以及更多部分……他已是我們無法命名的。而人皆如此。」

坐在爐邊望著火焰的女孩聆聽，看到那隻隼；看到那人，看到鳥群飛到他身邊，聽從他的話語，在命名牠們時，拍擊翅膀飛臨，以銳爪抓住他的手臂；看到自己是隻隼，一隻帶著野性的鳥。

【第七章】

老鼠
Mice

將歐吉安的訊息帶到中谷農莊的買羊人鎮生，某日午後來到法師的屋子。

「歐吉安大爺已經不在了，妳會賣了他的羊嗎？」

「可能吧。」恬娜不置可否。她已開始思考，若留在銳亞白該如何過活。歐吉安一如其餘巫師，受依賴他技力的人供養，這包括弓忒島上每個人。只要他開口，就會有人滿懷感激地送上他需要的事物，用區區薄禮博得法師的好感的確划算。但他從不要求什麼，反而必須送出別人提供或逕自留置門口的多餘食物、衣物、工具、家畜、各類生活必需品及擺設。「我要這些何用？」他會兩手抱滿憤怒吵雜的雞群、一大捆織錦或好幾罐醃甜菜，困惑詢問。

但恬娜將她的生計都留在中谷。她倉卒離開時沒想過會留多久。她沒隨身帶著火石私藏的七片象牙錢，不過在村裡，那筆錢除了用來買地買家畜、與販售帕猁威毛皮、洛拔那瑞絲綢給富農及小領主的弓忒港行商交易外，也沒多大用處。火石的農場供給她和瑟魯一切日常所需，但歐吉安的六頭山羊、豆藤與洋蔥是怡情養性用的，而非必需品。她一直依靠他的存糧、村民看在他面子上送的一些禮物，以及蘑絲阿姨的慷慨過活。昨天女巫才說：「親愛的，我的環頸雞剛孵化一窩小雞，等牠們開始可以自己吃東西後，我帶兩、三隻給妳。法師不肯養，嫌牠們笨又吵，但屋前怎麼可以沒有小雞在門口跑？」

蘑絲自己的雞群的確隨意進出她的大門、睡在她床上，不可思議地為那黑暗、煙霧瀰漫、臭氣沖天的房子增添更濃烈的氣味。

「有隻褐白相間的一歲母羊，產的奶很不錯。」恬娜對那尖瘦臉男人說。

「可能的話，我想買一整群。」他說：「總共只有五、六隻，對嗎？」

「六隻。你要看的話，牠們都在上面牧地那兒。」

「我會過去看看。」但他沒移動。雙方當然都不會表現得太急切。

「看到那艘大船進港嗎？」他說。

歐吉安的屋子面朝西北，因此只看得到海灣多岩的岬角與雄武雙崖，但在村裡某幾處，則可沿著通往弓忒港的陡峭道路直接看到碼頭及整個港灣。賞船是銳亞白普遍的休閒，通常有一、兩位老者坐在鐵匠屋後的長椅上，盤據最佳景點，雖然一輩子可能從沒走過那條通往弓忒港的十五哩彎道，他們依然看著船隻往來，將那奇特卻熟悉的景象當作娛樂。

「鐵匠兒子說是從黑弗諾來的。他那時在港口採購鐵塊。昨天很晚才進港。他說那艘大船來自黑弗諾大港。」

他說話可能只是為了不讓她思考羊群的價錢，狡獪眼神可能只是眼睛天生形狀。但弓忒這塊窮鄉僻壤，這個只以巫師、海盜、山羊出名的小島，不是黑弗諾大港經常交易的對象，而「大船」這詞讓她莫名驚慌，或許心煩。

「他說黑弗諾現在有王了。」買羊人斜瞥了她一眼，繼續說道。

「這可能是好事。」恬娜說道。

鎮生點點頭。「或許可以趕走那些外地來的混混。」

恬娜和善地點了點她外地來的腦袋。

「但在港裡，或許有些人會不太高興。」他指的是弓忒的海盜船長，近年來，他們完全控制東北海域，長久以來連結群嶼區中心島嶼的許多商船航程都遭受擾亂或棄置，因此肥了海盜，卻瘦了弓忒島民。即便如此，海盜依然是大多數弓忒人眼中的英雄。天知道，說不定恬娜的兒子就是海盜船上的水手，說不定還比在穩定商船上更為安全。俗話說，「寧為猛鯊，不為馴鯡」。

「無論如何，總會有人不滿。」恬娜反射地順著話頭接話，但感到非常不耐，因此起身續道：「我帶你去看羊，你可以自己看看。我們不知道會單賣還是全賣。」然後她帶那男人到牧地，留他獨自一人。她不喜歡他，雖然他帶來一、兩次壞消息並非他的錯，但他眼光閃爍；她不喜歡他出現，她不會將歐吉安的山羊賣給他，連西皮都不賣。

他一無所獲地離開後，她自覺心神不寧。她對他說：「我們不知道會不會賣。」說**我們**而非**我**是件蠢事，因為他未要求與雀鷹談話，甚至沒提到他，與女人議價的男人經常這麼做，尤其在她拒絕他出的價時。

她不知道村人如何看待雀鷹的存在與不存在。歐吉安雖然疏遠、沉默、在某些方面令人害怕，卻依然是他們的法師、村民。他們可能會以雀鷹之名為傲，因為他仕過銳亞白，也做過大事，像是在九十嶼智取龍、將厄瑞亞拜之環從不知名處帶回等等，但他們互不相識。他來這裡後從未進過村子，只去過森林和野地。她從來沒多想，但他和瑟魯一樣堅決避開村莊。

他們一定談論過他。這是個村莊，村民都多話，但巫師與法師行事的流言蜚語傳不遠。事情太詭異，力之子的生活跟他們的比起來太過奇異，也太不同。「算了。」在中谷時，每當有人過度臆測某個暫留的天候師或他們自己的巫師畢榭時，她聽過村民這麼說，「算了。他走他的陽關道，我們過我們的獨木橋。」

至於她自己，她留下來照顧、服侍這樣一位力之子，對他們而言亦無可置喙，又是一種「算了」。她自己也不常去村裡，他們待她稱不上友善，也說不上不友善。她曾住在織工阿扇的小屋裡、她是老法師的養女、他派鎮生下山找她，這些都沒問題；但她帶那孩子來，臉孔如此醜陋。誰會自願帶著這樣的孩子，在光天化日下行走？什麼樣的女人會是巫師的學生、巫師的看護？絕對與巫術有關，而且還是外地來的巫術。但話說回來，她曾是中谷那兒的富農之妻，雖然他已過世，而她是寡婦。不過誰搞得懂那些巫師的行為？算了，最好算了……

她迎面遇上路過花園柵欄的地海大法師，說：「據說有船從黑弗諾城來。」

他停步不前，動了一動，很快打住，但看來像要轉身而逃，像老鼠躲避獵隼般落荒而逃。

「格得！」她說：「怎麼了？」

「我不能，」他道：「我不能面對他們。」

「誰？」

「他派來的人。王派來的人。」

他的臉倏地死白，如同剛來時一般，同時四處環顧藏身之所。

他的恐懼如此焦急而毫無防備，讓她只想到如何解救他。「你毋須見他們。如果有人來，我會趕走他們。進屋裡來，你一整天沒吃東西了。」

「剛有人來。」他說道。

「是鎮生，來買羊，我打發他走了。來吧！」

他跟在她身後，兩人都進了屋，她關上門。

「格得，他們絕不會傷害你。他們也沒理由這麼做吧？」

他在桌邊坐下，呆滯地搖搖頭。「不，不。」

「他們知道你在這兒嗎？」

「我不知道。」

「你在怕什麼？」她問道，並非不耐，而是帶著一絲理智的權威。

他舉起雙手蓋住臉，摩挲太陽穴與前額，垂下頭。「我曾經是……」他說：

「我已不是……」

他戛然而止。

她攔住他的話頭，說道：「沒關係，沒關係。」她不敢碰觸他，以免任何彷若憐憫的舉措加深他的恥辱。她氣他，也為他而怒。「無論你在何處、擁有何種身分，你選擇做什麼或不做什麼，都與他們毫不相干！如果他們前來窺看，只能帶著好奇離開。」這是雲雀常掛在嘴邊的一句話，恬娜渴望有個平凡但腦袋清晰的女性陪在身邊。「話說回來，這艘船可能與你無關。他們可能是將海盜趕回家，哪天王如果終於辦了這事兒，也真不錯……我在櫥櫃後頭找到幾瓶酒，天知道歐吉安把它們藏了多久，我想我們倆都需要喝一杯，再吃點麵包跟乳酪。小傢伙吃過飯，跟石南去抓青蛙了，今天晚餐可能有青蛙腿可吃，不過現在先來點麵包、乳酪，再配上酒。不知道是從哪兒來、誰送給歐吉安，也不知道放多久了。」她就這樣絮絮叨叨，免除他回答的責任或誤解沉默的尷尬，直到他羞恥感發作危機解除，吃了東西，喝下一杯陳年溫潤紅酒。

「恬娜，我最好離開這裡。」他說：「直到學會如何成為現在的自己。」

「到哪兒？」

「上山去。」

「像歐吉安一樣流浪嗎？」她看著他。她記得與他在峨團路上行走，譏笑地問他：「法師常乞討嗎？」而他回答：「是的，不過也會盡力回報。」

她小心翼翼問他：「你能靠當天候師或尋查師撐一陣子嗎？」她斟滿他的酒杯。

他搖搖頭，喝口酒，別開頭。「不能，」他說：「都不行，這類都不行。」

她不相信。她想反抗、想否認，想對他說：怎麼可能，你怎麼能這麼說……好像你忘記了你知道的一切，你從歐吉安那兒、在柔克，還有在旅程中所學的一切！你不可能忘得了那些真言、真名，不可能忘了如何操控你的技藝！你的力量是你學到的，是你努力得來的！她吞下這些話，但喃喃道：「我不懂，怎麼可能全部……」

「一杯水。」他說，輕輕傾倒杯子，彷彿要將它倒乾。一陣沉默後，他說：

「我不了解的是，他為什麼要帶我回來。年輕人的善良其實是種殘忍……所以我還在這兒，必須繼續走下去，直到我能回去。」

她不完全了解他的意思，但她聽到某種責怪或抱怨的意味，而這樣的話由他說出，分外令她震驚、氣憤。她嚴厲地回了一句：「是凱拉辛帶你來的。」

闔上門後的屋內顯得特別昏暗，只有面西小窗邀進午後天光。她看不清他的表情，但他終於帶著淺影般的微笑，舉起酒杯對她致意。

「這瓶酒，一定是某位大商賈或海盜船長送給歐吉安的。」他說：「我從沒喝過這麼好的酒，連在黑弗諾時也沒有。」他把玩厚玻璃杯，低頭看它。「我會幫自己取個名字，然後穿過山區，朝我老家阿耳河河口及東樹林走。他們現在該在曬稻草，曬稻草與收割時總需要人手。」

她不知道該如何回答。他這般脆弱、病容消瘦，會雇用他的人無非出於同情或殘忍，而就算得到工作，他也做不來。

「路上已經不像以前那樣平靜了，」她說：「最近幾年，到處都有小偷跟匪幫。鎮生那傢伙叫那些人是『外地來的混混』，但無論如何，單獨旅行已經不安全了。」

她透過暮色看著他的反應，突然驚覺：從來毋須懼怕旁人是何種感覺？需要學習如何害怕又是什麼感覺？

「歐吉安也到處……」他開口道，又抿住嘴，他想起歐吉安是法師。

「島南邊，」恬娜說道：「很多人放牧，綿羊、山羊、牛群都有。他們會在長舞節前把牲口趕上山放牧，直到雨季開始。他們經常需要趕牧人。」她喝口酒，嚐起來像龍的名字。「但你為什麼不能待在這裡？」

「不能待在歐吉安這兒，他們必定先來此找我。」

「他們來了又如何？他們會要你做什麼？」

「成為我曾是的那人。」

聲音中的淒寥讓她一凜。

她沉默，試圖憶起握有力量、身為被食者、峨團陵墓第一女祭司的感覺，然後失去一切、拋棄一切，成為只是恬娜，只是她自己；她回想曾經站在女性生命巔峰，有夫有子，然後失去一切，年華老去，淪為寡婦，毫無力量。但即便如此，她依然覺得自己不了解他的羞恥，或恥辱帶來之痛苦。或許只有男人會如此感受，而女人習於羞恥。

或許蘑絲阿姨是對的，核肉消失時，殼也空了。

女巫之言，她想。為了轉移他跟自己的注意力，也因為溫潤炙熱的酒液讓她的思緒、舌頭更為急躁，她說：「你知道嗎？我想過那時歐吉安願教導我，但我不肯繼續，卻找個農夫嫁了，我那樣做時就想——我結婚那天還在想——格得聽到可會氣極了！」她邊說邊笑。

「的確。」他說道。

她等待。

他說道：「我很失望。」

「生氣。」她說。

「生氣。」他說。

他為她斟滿酒。

「我當時還有力量，能識得力量。」他說：「而妳……妳在那可怕的地方，那座大迷宮，在那黑暗中發光……」

「好吧，那你說，我該拿我的力量和歐吉安試著教導我的知識怎麼辦？」

「用。」

「怎麼用？」

「像魔法技藝的用法。」

「誰用？」

「法師。」他略帶痛苦地說。

「魔法意謂巫師與法師的技術、技藝？」

「還能有什麼意思？」

「永遠只能有這個意思嗎？」

他思索，抬起頭來瞥了她一、兩眼。

「歐吉安在火爐那邊教導我古語字詞時，」她說：「它們在我口中就如同在他口中一樣困難、一樣簡單，彷彿學習我出生前便使用的語言。但其餘民間法術、巫力符文、咒語、規則、召喚力量，對我來說都是死的，是別人的語言。我以前常想，你可以給我戰服，讓我手持長槍、長劍、配羽等等，全副武裝，但那都不適合我，對不對？我拿把劍做什麼？這樣就會讓我成為英雄嗎？我只會是個穿著不合身衣服的我，連路都走不動。」

她啜一口酒。

「所以我脫下一切，」她說道：「穿起自己的衣服。」

「妳離開歐吉安時，他說了什麼？」

「歐吉安通常說什麼？」

這句話又引出淺影般的微笑，他沒說話。

她點點頭。

過一會兒，她輕輕道：「他收容我，因為是你將我托付給他。在你之後，他便不想收任何學徒，而為了你、應你所求，他才會接納一名女子。但他愛我、尊重我，我也愛他、敬重他。只是他給不了我要的，我也拿不起他給的，他知道。不過，格得，他看到瑟魯時完全不一樣，在他過世前一天。力量會識得力量——你這麼說，蘑絲也這麼說。我不知道歐吉安看到什麼，但他說：『教導她！』然後他說……」

格得等待。

「他說：『人們會怕她。』然後說，『教導她一切！別去柔克。』我不懂他的意思。我怎麼可能知道？如果我當初留在他身邊，我可能會了解，我可能可以教她。但我想，格得會來，他會知道。我那被錯待的孩子，他會知道該教她什麼、她需要知道什麼。」

「我不知道。」他非常低沉地說：「我看到——在那孩子身上我只看到——胡作非為的邪惡。」

他飲盡杯中酒。

「我什麼都給不了她。」他說。

門上響起敲門聲。他立刻無助地轉身站起，找尋藏身處。

恬娜走到門口，開了一條縫，還沒看到就聞出是蘑絲阿姨。

「村裡來了男人。」老婦誇張地悄聲道：「好幾個光鮮的人從港口來，搭乘人家說來自黑弗諾城的大船。有人說是來找大法師。」

「他不想見他們。」恬娜很軟弱地說道。她不知道該怎麼做。

「我想也是。」女巫說道。然後，在一陣期待的沉默後，「那他在哪裡？」

「這裡。」雀鷹說著走到門口將門打開些。蘑絲瞄了他一眼，什麼都沒說。

「他們知道我在哪嗎？」

「我什麼都沒說。」蘑絲說道。

「如果他們來，」恬娜說道：「你只要叫他們走就好……畢竟你是大法師……」

他跟蘑絲都沒聽她說話。

「他們不會來我家的。」蘑絲說：「你想來，就來吧。」

他跟著女巫離開，只看了恬娜一眼，卻什麼也沒說。

「那我該跟他們說什麼？」她質問。

「什麼都別說，親愛的。」女巫說。

石南跟瑟魯從沼澤回來，網袋裡裝了七隻死青蛙，恬娜忙著割下蛙腿、剝皮，當捕獵者的晚餐。她剛結束工作就聽到外面的人聲，抬起頭，看到大開的門外有人站著：戴帽子的男人、一閃金色、一抹亮光……「葛哈女士嗎？」一個彬彬有禮的聲音問道。

「進來吧！」她說。

五名男子進了屋內，在低矮屋中人數看起來有兩倍多，個個高大英挺。他們環顧四周，而她看到他們眼中所見的景象。

他們看到一位婦人站在桌前，握著一把長尖刀，桌上放著一塊砧板，砧板旁放著一小堆裸露的白綠色蛙腿，另一旁是堆肥胖胖、血淋淋的死蛙。門後陰影中躲藏著某個東西，是個小孩，但扭曲、變形，只有半張臉、枯爪手。在唯一一面窗戶下，壁龕裡的床上坐著一名高大削瘦的年輕女子，張大嘴盯著他們。她雙手沾滿血水、污泥，潮濕的裙子泛著沼澤泥水味。她發現他們看到她時，試著用裙子遮住臉，而露出大腿。

他們避不看她，也不看那孩子，只剩拿著死蛙的婦人。

「葛哈女士。」其中一人重複道。

「我是。」她回道。

「我們來自黑弗諾，受王派遣而來，」彬彬有禮的聲音說道。逆著光，她看不清楚他們的臉。「想找大法師，弓忒的雀鷹。黎白南王將於秋分之際舉行加冕，還望大法師，王的尊主與至友，陪同準備加冕事宜，若蒙同意，也請為王加冕。」

那男子說話沉穩合禮，彷彿面對的是宮中仕女。他身穿樸素的皮革長褲與一件亞麻衫，雖因從弓忒港一路爬坡而滿沾塵土，但看得出質料極好，在咽喉處繡有金線。

「他不在這兒。」恬娜說道。

村裡男童從門口探進、退縮，又探頭進屋，然後大叫跑走。

「葛哈女士，也許您願告訴我們他的行蹤。」那男子說道。

「我不能說。」

她看著他們一行人，起先感到恐懼，也許是受雀鷹的慌亂感染，抑或看到陌生人而引起的愚蠢不安，但逐漸消退。她站在歐吉安的屋內，很明白為什麼歐吉安從未懼怕大人物。

「你們大老遠過來一定很累了，」她說：「要不要坐一會兒？我有點酒，讓我先把杯子洗起來。」

她端著砧板走到壁櫃，把蛙腿收進櫥櫃，將殘餘刮倒入餿水桶（石南會提去給織工阿扇餵豬），在水槽洗淨雙手、手臂與刀子，倒入清水，沖洗她跟雀鷹剛用過的兩只玻璃杯。櫃子裡還有一只玻璃杯和兩只沒有手把的陶杯。她把杯子放在桌上，為訪客倒酒，瓶中餘酒恰好足夠他們享用一輪。他們對望著沒有坐下，椅數不足正好作為藉口，但作客之道讓他們不得不接受她送上的酒。每人一面禮貌地喃喃道謝，一面從她手中接過玻璃杯或陶杯。向她舉杯致意後，他們啜飲一口。

「天哪！」一人讚道。

「安卓群嶼，晚收年。」另一人睜圓眼睛說道。

第三人搖搖頭。「安卓群嶼，龍年。」他嚴肅地說。

第四人點點頭，然後崇敬地又啜了一口。

第五人，也就是首先開口的人，將手中陶杯對恬娜再次高舉，說道：「女士，您以皇室佳釀款待。」

「這是歐吉安的。」她說，「這曾是歐吉安的房子，現在是艾哈耳的。諸位大人知道吧？」

「是的，女士。王派我等前來此處，因為王認為大法師會來此地，而屋主去世的消息傳到柔克及黑弗諾時，王更為確信。然而是龍將大法師從柔克帶走。自那時起，既無隻字片語，也無派差傳訊予柔克或王。王的心意乃是想確知大法師是否身在此處，是否一切安好；這也是我等眾人所企願。女士，他到過此處嗎？」

「我不能說。」她說，但這是拙劣又重複的謊言，她看得出來這些人都這麼認為。她挺直背脊走到桌後，「我的意思是，我不願說。我想如果大法師希望來，他就會來；如果他不希望被找到，你們就找不到他。你們自然不會違抗他的意願，硬逼他出現。」

其中最年長、最高大的男子說：「王的意願就是我們的意願。」

最先發言者較為安撫地說：「我們只是信使。王及諸島大法師之間的事，我們無權過問，我們只求將訊息帶到，同時獲得回音。」

「如果可以，我會負責將你們的訊息傳達給他。」

「回音呢？」最年長的男子質問道。

她什麼都沒說。最先發言者說道：「銳亞白領主聽說我們的船艦抵達，便盡地主之誼，因此我們會在領主宅邸盤桓數日。」

她莫名感覺彷彿被設下陷阱，或被絞繩縮緊。雀鷹的脆弱，他對自己弱點的感受影響了她。心煩意亂之下，她利用她的外表——表面上只是守分的婦人、中年主婦。但這真的只是表面嗎？這也是事實，甚至比巫師的偽裝變形更微妙。她俯首，說道：「這比較適合大人貴體。我們這兒的生活非常儉樸，像老法師當年一樣。」

「而且喝著安卓群嶼的酒。」那名認出酒漿來歷的人眼神明亮，外貌英俊，帶著迷人微笑說道。她繼續扮演她的角色，頭頸低垂。但在他們向她告別，魚貫而出時，她知道無論她表面像什麼或實際是什麼，即便他們現在不知道她就是「環之恬娜」，也很快就會知道，因此也會知道她認得大法師本人；而如果他們下定決心要找出他的下落，嚮導非她莫屬。

他們離開後，她大呼一口氣。石南也如法炮製，終於閉上一直大張的嘴。

「真難得。」她以深沉、全然滿足的語調說道，然後出去看山羊跑哪兒去。

瑟魯從門後角落跑出，她剛剛用歐吉安的巫杖、恬娜的赤楊杖、自己的榛樹棍，為自己組了個小小屏障，與陌生人完全隔離。自他們來到此處後，緊繃、閃躲側身走動、不敢抬頭、低俯燒毀的半臉藏於肩頭，那些她早早丟棄的姿態又重新出現。

恬娜走到她身邊跪下，將她抱在懷中。「瑟魯，他們不會傷害妳。他們沒有惡意。」

孩子不肯看她。她像塊木頭般地讓恬娜抱著。

「妳如果不願意，我就不再讓他們進屋。」

過一會兒，孩子在她懷裡動了動，以沙啞濃重的聲音問她：「他們要對雀鷹做什麼？」

「什麼都不會做。」恬娜說道：「不會傷害他！他們……他們是想來榮耀他。」

但她已了解，他們想榮耀他時，會造成什麼樣的傷害——否認他的損失、否認他因喪失而生的哀傷，強迫他以他不再是的身分行動。

她放開孩子。瑟魯走到壁櫥旁拿出歐吉安的掃把，很吃力地掃著黑弗諾男人腳踏之處，掃走他們的足印，將足印的灰塵掃出門，掃下臺階。

看著她，恬娜做了決定。

她走到放著歐吉安三本大書的書櫃前翻找，發現幾枝鵝毛筆，一瓶半乾的墨水，但半張紙或羊皮紙都沒有。她咬了咬牙，很不情願如此對待書這般珍貴物件。她在符文書空白末頁輕劃，撕下一段紙條。她坐在桌前，沾濕筆尖，開始書寫。不足的墨水跟字詞都讓她難以下筆。自她坐在同一張桌前、歐吉安在她身後看望，教導她赫語符文與巫力符文後二十五年來，她幾乎什麼都沒寫過。她寫道：

往中古到清溪的像木農莊
說葛哈派去照看花園跟羊

書寫與重讀花了她幾乎同等時間。這時瑟魯已掃完地，在旁非常專心看著。

她加了兩個字：

今晚

「石南在哪兒？」她問孩子，將紙片一摺再摺。「我要她把這拿到蘑絲阿姨的房子。」

她渴望自己去，去見見雀鷹，卻不敢讓別人看到她去，以免他們正盯著她，等她領他們找到他。

「我去。」瑟魯悄聲道。

恬娜敏銳地看了她一眼。

「妳必須自己去，瑟魯，穿過村子。」

孩子點點頭。

「只能交給他！」

她再點點頭。

恬娜將紙片塞進孩子口袋，抱著她，吻她，放她走。瑟魯去了，不再蹲踞斜行，而是自由奔跑、飛躍。恬娜看著她消失在昏暗門外的暮光中，心想，像鳥兒、像龍、像孩子般飛躍。自由。

【第八章】

鷹

Hawks

瑟魯很快便帶著雀鷹的回覆返家：「他說他今晚就走。」

恬娜滿意地聽著消息，慶幸他接受她的計畫，以遠離他害怕的訊息跟信使。但等她用蛙腿大餐餵飽石南跟瑟魯，把瑟魯抱上床，唱歌讓她熟睡後，她在無燈無火下獨坐，心情遂開始沉重。他走了。他不夠健壯，他迷惘而不確定，他需要朋友，她卻要他離開已是朋友與願意成為朋友的人。他走了，但她必須留下，引開獵犬，至少要知道他們打算留在弓忒還是返回黑弗諾。

他的驚慌，以及她對這份驚慌的順從，開始顯得如此不合情理，甚至讓她認為他離開也同樣不合情理、不可能。他會善用智慧，躲在蘑絲家，因為整個地海中，這是王最不可能去找大法師的地方。他最好待在那兒直到王的使者離開，然後就可以回到歐吉安的房子，他歸屬之處，一切將會繼續，她照顧他直到他精力回復，他給予她親密陪伴。

門口的影子遮蔽了星辰。「噓！醒著嗎？」蘑絲阿姨走進屋內，「好啦，他出發了。」她如同謀般興奮說道，「走老林道。他說他明天會穿過森林到通往中谷的路，一路走過橡木泉。」

「很好。」恬娜說道。

蘑絲比平常更大膽地自顧自坐下。「我給了他條麵包和一點乳酪在路上吃。」

「謝謝妳，蘑絲，妳真好心。」

「葛哈夫人，」蘑絲在黑暗中的聲音又帶著她誦咒與施法時的吟唱語調，「親愛的，我一直想就我能力所及告訴妳一些事，但我知道妳曾與大人物同行，也曾身為其中之一，每次想到這兒，就不敢再開口。不過我知道有些事情，即使妳學會符文、太古語，還有在異邦向那些智者習得的所有知識，妳還是不會知道。」

「沒錯，蘑絲。」

「那就好。所以我們說到那些女巫識得女巫、力量識得力量的事時，我也講了，那個已離開的人，無論他以前是什麼，他現在都不是法師了，只是妳否認這點。但我說對了，是不是？」

「是的。」

「哎，我說對了。」

「他自己也這樣說。」

「他當然會這樣說。我可以說他那個人啊，不會說謊，不會說東說西搞得人頭昏腦脹，也不會沒牛還試著趕車。但我很坦白說，我很高興他不在了，因為他現在已經不是那麼回事兒，所以已經行不通，再也行不通了，就這樣。」

除了「沒牛還試著趕車」這段，恬娜完全不懂蘑絲在說什麼。「我不知道他為什麼這麼害怕，」她說：「哎，我是知道一些，但我不了解為什麼他會感到如此羞恥，但我知道他認為他應該死。我知道我對生存所知的一切，就是有事要做，也有能力去做；那是喜悅、榮耀，一切。而如果不能再做那些事，或是那些事被剝奪了，那還有什麼用呢？人一定得有什麼……」

蘑絲傾聽點頭，彷彿受益良多，但隨即又說：「一個老頭兒突然變得像個十五歲男孩，一定是件怪事兒。」

恬娜幾乎要問：「妳在說什麼啊，蘑絲？」卻莫名住口。她發現她一直豎直耳朵，等著格得從山中漫遊回到屋內，她等著聽到他的聲音，她的身體否認他離去的事實。她突然瞥向蹲坐在歐吉安火爐旁椅子上，那個包在一團黑暗中的女巫。

「啊！」她說道，許多思緒突然同時湧入她腦海。

「難怪，」她說：「難怪我從來沒有……」

在頗長一段靜默後，她說：「他們……巫師……這是個咒法嗎？」

「當然是，當然是，親愛的。」蘑絲道：「他們對自己下咒。有人說他們做了交易，像反過來的婚約，有誓言之類的，以獲得力量，但我覺得這聽起來不太對，就像是跟太古力打交道，而非真正女巫所做之事。老法師跟我說他們沒做這類事兒，不過我知道有些女巫會這麼做，也沒什麼壞處。」

「養大我的那些人就這麼做，發誓守貞。」

「喔，對了，妳跟我說過，沒男人。還有那些『太堅』。太可怕了！」

「但為什麼，為什麼……我從沒想過……」

女巫大聲笑道：「這就是他們的力量啊，親愛的。妳不會想到！妳不能！他們一旦施了法，也就不會想到。怎麼可能呢？放掉力量嗎？不行的，可不是嗎，不行的。一分耕耘一分收穫，所有人都該這樣。所以那些男巫知道，那些力之子，他們比任何人都明白這點。但妳知道，要男人不當男人是很不自在的，就算他能把太陽從天上叫下來也一樣。所以他們用束縛咒把這事完全拋到腦後，他們也真的做到了。就算現在時日不好，咒文常常出錯啦，但我還沒聽過哪個巫師打破這咒文，用力量滿足自己的肉慾，就連最糟的巫師也不敢。當然，還是有那些會用幻術的，不過他們只是自欺欺人；還有些成不了氣候的小男巫，會耍耍巫術的那種，他們會試著對村婦施迷惑咒。但在我看來這些小咒語都算不了什麼，重要的是，兩種力量都一樣大，互不侵犯。我是這麼想。」

恬娜坐著思索，深陷其中。終於她說道：「他們將自己隔絕起來。」

「哎，巫師必須如此。」

「但妳沒有。」

「我？我只是個老女巫啊，親愛的。」

「多老？」

一分鐘後，蘑絲的聲音在黑暗裡響起，帶著一絲笑意：「老到不會去惹麻煩了。」

「但妳說過……妳未曾禁慾。」

「那是什麼意思，親愛的？」

「像巫師那樣。」

「喔，沒有。沒有，沒有！沒什麼值得看的，但我知道怎麼看他們……那不是巫術，妳知道，親愛的，妳知道我在說啥……拋個眼色，然後男人一定會過來，就像烏鴉一定會呀呀叫一樣。可能一天、兩天，或三天後，他會來我這兒，『我家狗兒需要治病』、『我需要草藥茶給我奶奶喝』，我知道他們想要什麼，如果我夠喜歡他們，他們說不定可以如願。至於愛，想得到愛——我不是那種人。也許有些女巫是，但我要說她們污衊了自己的技藝。我為錢施展技藝，但我從愛中享受歡愉，我是這麼想的。不過也不全是歡愉。我曾迷戀這裡某個男人好久，好幾年，他長得很好看，但心地又硬又冷。他早死了，他就是那個後來搬回來住的鎮生的老爹，妳知道他是誰嘛。哎，我那時對那男人醉心到用盡自己所有技藝，在他身上下好多迷咒，但都白費了。什麼都沒有。蘿蔔擠不出血來。當初我會在還年輕時來銳亞白，就是因為在弓忒港惹了男人的麻煩。我不能提這些，因為他們都是有錢有勢的人家。有力量的是他們，不是我！他們不要兒子跟我這樣一個普通女孩混在一起，他們叫我骯髒的蕩婦。如果我沒逃到這兒來，他們會把我解決掉，就像殺隻貓一樣。但是，哎喲，我多喜歡那小子啊，他圓潤光滑的手臂跟腿，黑亮的大眼睛，即使這麼多年，我還記得清清楚楚……」

兩人在黑暗中默坐許久。

「蘑絲，妳有男人時，得放棄妳的力量嗎？」

「完全不用。」女巫自滿地說。

「但妳說過，一分耕耘一分收穫。難道在這方面，男人與女人不同？」

「親愛的，有什麼是一樣的嗎？」

「我不知道。」恬娜說：「我覺得大多數差別是我們自己造成的，然後又抱怨連連。我不認為『魔法技藝』、力量，對男巫或女巫有什麼差別——除非力量本質不同，或是技藝不同。」

「親愛的，男人付出，女人收穫。」

恬娜坐著，沉默但不滿意。

「跟他們比起來，我們好像只是微不足道的小力量。」蘑絲說：「但這力量來自很深的地方，根深柢固，像叢老黑莓一樣。巫師的力量或許就像棵樅木，又大又高又偉大，但暴風雨一吹就倒了；黑莓叢可是殺不死的。」她發出母雞般咯咯笑聲，對自己的比喻很滿意。「所以啦！」她有力地說：「就像我說的，或許他走了好，否則鎮上的人會開始嚼舌根。」

「嚼舌根？」

「妳是個節操端正的女人，親愛的，節操就是女人的財富。」

「女人的財富。」恬娜再次漠然重複，然後說道：「女人的財富、女人的寶藏、女人的私藏、女人的價值……」她再也坐不住，起身伸展背脊、雙臂。「像找到山洞的龍，為寶藏私藏建造堡壘，求取安全，所以睡在寶藏上，最後變成了寶藏。收穫、再收穫，卻永遠不付出！」

「哪天妳失去節操時，」蘑絲淡然說：「妳才會了解它的價值。它不是一切，不過很難替代。」

「蘑絲，妳會願意放棄女巫身分以換取節操嗎？」

「我不知道。」過了一會兒，蘑絲若有所思地說：「我不知道該怎麼知道。我有某方面的天分，但少了別的。」

恬娜走到她身邊，握住她的雙手。被這舉措嚇到的蘑絲站起身來，微微退縮，但恬娜把她拉向前，吻了她的臉頰。

老婦舉起一隻手，怯生生摸了恬娜的頭髮一下，像歐吉安曾做的那般。然後她自恬娜懷裡抽身，嘟噥著該回家了，動身走到門口，又問：「有這麼多外地人在這兒，妳想要我留下來嗎？」

「回去吧。」恬娜說道，「我很習慣外地人了。」

那晚，她躺著入睡時，再次進入充滿風和光芒的深淵，但這次光芒霧濛濛，帶著紅色、橘紅色、琥珀色，彷彿空氣正在燃燒。她同時在又不在此元素中；飛在風中，又成為風。風的吹拂、自由的力量，沒有聲音在呼喚她。

早晨，她坐在門階前梳整頭髮。她不像許多卡耳格人擁有金髮——她膚白但髮黑，現在依然烏黑，幾乎沒有一絲灰髮。既然格得不在，她節操也保全，她決定今天的工作就是洗衣服，順便用些洗滌用的熱水洗頭。她在太陽下曬乾長髮，梳整。在炎熱風大的早晨，火花隨著髮梳在飛舞的髮尾劈啪作響。

瑟魯走到她身後看著。恬娜轉身，發現她專注到幾乎全身發顫。

「怎麼了，小鳥兒？」

「火飛出來。」孩子說，聲音中帶有恐懼或亢奮。「滿天都是！」

「這只是從我頭髮冒出的火花而已。」恬娜說道，她有點驚訝。瑟魯在微笑，而她不記得以前看過這孩子微笑。瑟魯伸出雙手，完整的及燒傷的手，彷彿要碰觸、跟隨某種圍繞恬娜鬆軟飄飛秀髮的飛舞軌跡。「火，都飛出來了！」她重複道，然後笑出聲。

那一刻，恬娜首度自問瑟魯如何看她、看整個世界，繼而明白自己完全不知道。她無法知道以一隻燒去的眼睛能看到些什麼，而歐吉安的話「人們會怕她」回到她耳邊。但她毫不懼怕這孩子。她反而更用力梳理長髮，讓火花飛舞，再次聽那細小沙啞的快樂笑聲。

她洗淨床單、擦碗布、她的內衣、替換的洋裝與瑟魯的洋裝，然後（確定山羊都關牢在牧地羊圈後）把衣物平鋪在草原乾草上曬乾，用石頭壓住，因為風很強勁，帶著一絲暮夏的狂野。

瑟魯正在成長。以大約八歲的年紀來說，她仍十分瘦小，但在前兩個月，她的傷終於癒合，不再疼痛後，她更勇於到處玩耍，也吃得更多。很快，雲雀所送來原本屬於她五歲小女兒的舊衣，就要穿不下了。

恬娜想，她可以到村裡拜訪織工阿扇，看看他有沒有一兩塊零頭布，讓她用餵豬的餿水交換。她想幫瑟魯縫些衣物穿，也想探望老阿扇。歐吉安過世與格得病養，讓她與村裡熟人疏離。她確認瑟魯跟石南在一起後便往村子出發，一面心想，他們兩人像往常一般，將她拉離她知曉的一切，包括她知道該如何做的事，與她選擇生活的世界——沒有王與后，沒有超凡力量與征服，沒有高等技藝、旅程跟冒險，只有平凡人做平凡事，如結婚、養孩子、種地、縫紉、洗衣。她帶著一絲報復思索，好似要把思緒射向此刻前往中谷途中的格得。她想像他走在路上，接近她跟瑟魯曾共眠的小山谷；她想像那纖瘦灰髮男子獨自沉默行走，口袋裡放著女巫給的半條麵包，心裡放著沉沉一擔愁苦。

「也許該是你發現的時候了。」她想著，「輪到你該曉得自己在柔克可沒學得無所不知！」正當她如此在腦海裡對他說教時，另一個影像插入：她看到格得附近有個之前在路上等著她跟瑟魯的男人。她不由自主說：「格得，小心！」她擔心他，因為他連棍子都沒拿。不過她看到的不是那個嘴上長毛的大塊頭，而是另一個戴皮帽的年輕男人，那個盯視瑟魯的男人。

她抬起頭看著阿扇房子旁的一間小屋，她當年在此處的住所。在她與房子之間有個人走過，正是她剛記著、想像的人，那個戴皮帽的男人。他經過村屋門口，走過織工屋前，沒看到她。她看著他毫不遲疑走過村裡的街道。他要不是往山路的轉彎口走，就是朝大宅去。

恬娜不加思索遠遠尾隨在後，直到看清他轉向何處。他上了山，往銳亞白領主宅走去，而非格得選擇的道路。

她這才立時轉身，去探望老阿扇。

雖然阿扇像許多織工一樣幾乎離群索居，但仍以他害羞的方式對當年的卡耳格女孩表示善意，隨時準備保護她。她想，多少人保護過她的節操啊！現在幾乎眼盲的阿扇收了名學徒，擔負大部分的紡織工作。他很高興有客來訪。他彷彿行早朝般坐在一張老舊木雕椅上，頭上掛著他通名的由來：一把非常大的漆畫扇，那是他家的傳家之寶。據說這是一名慷慨的海盜給他祖父的謝禮，因為他為他趕製船帆。這把扇子掛在牆上公然展示。恬娜再度看到這把扇子，扇面上身著燦爛玫瑰色、翡翠色、碧藍色服飾的精細男女畫像，以及黑弗諾大港的高塔、橋梁、旌旗，立時讓她感到熟悉。來銳亞白的訪客經常被帶來看這把扇子，眾人都同意，這是整個村子裡最貴重的東西。

她欣賞扇子，除了知道這會讓老人非常高興，也因它的確非常美麗。然後他說道：「妳在過往旅行途中，沒看過多少這樣的好東西吧？」

「沒有，沒有。整個中谷都沒有這樣的東西。」她說道。

「妳住在我村屋時，我有沒有讓妳看另一面？」

「另一面？沒有。」聽到這回答，老翁說什麼都要拿下扇子，不過得是她爬上去，小心翼翼解下扇子，因為他眼睛不好，也爬不上椅子。他緊張地指揮她，她將扇子放在他手中，他老眼昏花地檢視，半閉雙眼以確定扇骨可自由滑動，然後收起扇子，轉面，交給她。

「慢慢打開。」他說。

她依言展開。扇摺緩移，龍也同樣緩移。淡雅細緻地繪在泛黃絲綢上的是淺紅、藍、綠色龍群移動、群聚，如同另一面的人像群聚在雲間、山巒間。

「把它舉起來，對著光。」老阿扇說道。

她照做，然後看到光線穿透扇子，讓兩幅畫合而為一，雲朵及山巒化為城中高塔，男女背有龍翼，龍亦以人眼望出。

「妳看到了嗎？」

「看到了。」她喃喃道。

「我現在看不到，但它在我的腦海裡。我沒讓太多人看。」

「這真是非常奇妙。」

「我一直想拿給老法師看，」阿扇說道：「但忙著忙著就忘了。」

恬娜再次將扇子迎光轉動，然後將它照舊架好。龍隱藏在黑暗中，男女在白日下行走。

阿扇接著帶她出去看他養的一對豬，長得十分健壯，正慢慢養胖打算秋季製成香腸。他們討論了石南提餵水的缺點。恬娜問他，能不能要塊零頭布幫小孩做件洋裝，他非常樂意，為她拉出一大匹細緻亞麻布；而他的學徒，一名年輕婦女，在寬大織布機上蹙眉埋首工作，彷彿將他的孤僻連同技藝一併學起。

走路回家時恬娜想，讓瑟魯坐在那織布機面前便足以謀生，雖然大部分工作時間很枯燥，不斷重複相同動作，但紡織是門高尚手藝，在有些人手中甚至是高貴的藝術。所有人都認為織工因常關在門內工作，所以比較害羞、經常未婚，但他們依然受尊敬；而且，在屋內的織布機前工作，瑟魯便毋須讓人看到她的臉。只是那隻枯爪般的手呢？那隻手能丟梭子、排織線嗎？

難道她要躲一輩子嗎？

但她還能怎麼辦？「知道她的人生會如何……」

恬娜要自己想點別的事情，想想她要做的洋裝。雲雀女兒的洋裝用家裡的粗糙手織布做成，跟泥土一樣樸素。她或許可以把這塊布一半染黃，或用沼澤的紅茜草根染紅，然後搭配一片白色圍裙或罩裙，綴上花邊。難道這孩子就該藏在黑暗中的織布機前，裙子上永遠沒有花邊嗎？如果她小心裁剪，應該還餘足夠的布做件襯衣和第二條圍裙。

「瑟魯！」近家門時她喊。她離開時，石南與瑟魯都在金雀花牧地裡。她又喊了一次，想給瑟魯看布料，告訴她洋裝的事。石南從泉屋後走出，用繩子拖著西皮。

「瑟魯在哪兒？」

「跟妳在一起。」石南回答如此平靜，以致恬娜開始四下張望，直到她了解到石南完全不知道瑟魯在哪兒，只是說出自己所希望。

「妳把她留在哪兒？」

石南完全不知道。她以前從未讓恬娜失望，似乎了解瑟魯必須像山羊一樣隨時照看。但或許一直明白這點的是瑟魯，所以讓別人隨時看得到她？恬娜如此想，而石南既然無法提供明確指引，她只好開始四處尋找、呼喚孩子，卻毫無回音。

她盡可能遠離懸崖邊。從她們到這裡第一天起，她就對瑟魯說過，因為單眼視力無法明確判斷距離或深淺，所以絕不可以單獨走到屋下陡峭草原，或沿北邊陡崖走。孩子聽了她的話，她一直都很聽話。或許小孩子健忘？但她不會忘記的。她可能不知不覺靠近崖邊？她一定去了蘑絲家，沒錯，因為昨晚她獨自去過，她會再去那兒。一定是。

她不在那裡。蘑絲沒見到她。

「我會找到她，我會找到她，親愛的。」她安慰恬娜，但她未依恬娜所期望的沿著林徑上山找人，而是開始結起頭髮，準備施尋查咒。

恬娜跑回歐吉安屋內一再呼喚，這次她望向屋下陡峭草原，希望看到一個小小身影蹲在大石邊嬉戲。但她只看見大海在逐漸崩落的草原彼端，漆黑且波紋連連，這讓她感到暈眩而沮喪。

她走到歐吉安墓邊，然後更深入一小段林徑，叫喚。她穿過草地折返時，那隻紅隼正在上次格得看牠打獵的同一點盤旋狩獵。這次牠俯衝、攻擊，利爪抓著某隻小動物飛起，往森林快速飛去。牠要去哺育雛鳥，恬娜想。經過曬在草地上的衣物時，各種思緒非常清晰明確地穿過她腦海：衣服乾了，該在天黑以前收拾；她必須更仔細搜尋屋子附近、泉屋、擠奶棚。這是她的錯，都是因為她想把瑟魯變成織工、把她關到黑暗中去工作、要她保有節操，才會讓這一切發生。歐吉安說「教她，教她一切，恬娜！」時；她知道不能彌補的錯誤必須昇華時——她知道那孩子託付予她，她卻失職、背信，失去她，失去這唯一最大的贈禮。

她進到屋內搜遍屋舍中每條走廊，再次探頭進壁龕，還繞過另一張床，最後口乾舌燥，為自己倒了杯水。

門後立著三根木棍。歐吉安的巫杖與枴杖在陰影中移動，其中一道影子說：「在這裡。」

孩子蹲踞在黑暗角落中，整個人縮成一團，看起來不比小狗大多少，頭埋到肩膀裡，手臂與腿緊緊曲起，唯一的眼睛閉著。

「小鳥兒，小燕子，小火苗，怎麼了？發生什麼事？有人對妳做了什麼？」恬娜抱著如岩石一般閉縮僵硬的小小身體，在臂彎中輕輕搖晃。「妳怎麼可以這樣嚇我？妳怎麼可以這樣躲著我？我好生氣啊！」

她哭泣，淚珠落在孩子臉上。

「喔，瑟魯，瑟魯，瑟魯，不要躲著我！」

一陣顫慄竄過糾結四肢，終於慢慢放鬆。瑟魯動了動，突然攀住恬娜，將臉埋入恬娜前胸與肩膀間的凹隙，更用力攀著，死命抓緊恬娜。她沒哭，她從不哭，或許她的淚水已經烤乾了。她沒有淚水，但發出一段長長的哀鳴啜泣。

恬娜抱著她，搖著，搖著。非常、非常緩慢地，緊繃的握力開始鬆弛，頭穩穩枕在恬娜胸前。

「告訴我。」女人喃喃道。孩子軟弱、粗啞地悄聲道：「他來了。」

恬娜最先想到格得，而她仍因恐懼而靈敏的思緒一發現這點，發覺「他」對她來說是誰後，順道挖苦地笑了笑，繼續搜尋。「誰來了？」

沒有回答，只有一股由內而發的顫抖。

「一個男人，」恬娜輕輕說：「戴皮帽的男人。」

瑟魯點點頭。

「我們在往這裡的路上看過他。」

沒有反應。

「那四人……我對他們發火的人，記得嗎？他是其中之一。」

但她想起瑟魯當時一如平常在陌生人前，把頭壓得低低，藏起燒傷部分，不敢抬頭。

「瑟魯，妳認得他嗎？」

「認得。」

「是妳……是妳住在河邊營帳時認得的？」

頭點了點。

恬娜的手臂環緊她。

「到這兒？」她說，同時所有恐懼變成憤怒，變成火棒般燃燒她全身的憤怒。她發出似笑的聲音：「哈！」然後想起凱拉辛，如凱拉辛的笑聲。

但對人類及女人來說，不是這麼容易。這簇火必須收斂。必須安慰孩子。

「他看到妳了嗎？」

「我藏起來。」

恬娜順著瑟魯的頭髮，終於說：「瑟魯，他永遠碰不到妳。聽我說，相信我：他再也不會碰觸妳，他再也看不到妳，除非我跟妳在一起，而到時他得應付我。妳懂嗎？我的寶貝，我的珍寶，小心肝？妳不必怕他，妳不能怕他。他要妳怕他，他吞食妳的恐懼維生。我們要餓死他，瑟魯，我們要讓他餓死，直到他開始吞食自己，直到他因為齧咬自己雙手骨頭而嗆死……啊，啊，啊，別聽我現在說的話，我只是生氣，只是生氣……我臉紅了嗎？我現在是不是像弓忒女人一樣紅？像龍一樣紅嗎？」她試著開玩笑，瑟魯抬起頭，從自己皺塌、顫抖、火蝕的臉回望她，說：「是的。妳是紅色的龍。」

光想到那男人進到屋裡、走到屋裡，過來看看他的傑作，或許還想做點修改，恬娜便感覺那不像念頭，而像陣噁心，令人欲嘔，但反胃感在憤怒之下燃燒殆盡。

兩人站起身去洗把臉，恬娜認定自己現在最強烈的感覺是飢餓。「我餓扁了。」

她對瑟魯說，然後擺出豐盛的一餐，有麵包、乳酪、以油與草藥浸漬的冷豆、切片洋蔥和乾腸。瑟魯吃了不少，恬娜也吃了很多。

兩人清理桌子時，她說：「瑟魯，現在這段時間我完全不離開妳，妳也不會離開我，對吧？我們現在該去蘑絲阿姨家，她本來正準備著找妳的咒語，但現在她可以不用忙了，她可能還不知道這件事。」

瑟魯駐足不動。她朝大開的房門瞥了一眼，瑟縮地躲開。

「我們還得一路把洗好的衣物收進來。到家後我讓妳看看我今天拿到的布，好做件洋裝，做件新洋裝，給妳的。一件紅洋裝。」

孩子立定，逐漸縮回自己的內心世界。

「瑟魯，如果我們躲藏，就只是在餵養他。我們要吃喝，然後讓他飢渴而死。跟我來。」

對瑟魯來說，這份困難，這通往外界門口的阻礙，難以言喻地巨大。她退縮，將臉藏起來，顫抖、踉蹌地走。迫她跨越是殘忍的，趕她出現是殘忍的，但恬娜毫不憐憫。「來吧！」她說，孩子跟上了。

兩人手握手穿越草原走向蘑絲家。瑟魯好不容易抬頭望了一兩次。

蘑絲見到兩人並不意外，卻帶著某種奇異、警戒之色。她叫瑟魯進屋內看看環頸雞的幼雛，要她挑兩隻帶回家。瑟魯立刻消失在她的庇護所中。

「她一直在屋子裡，」恬娜說：「躲著。」

「她做得不錯。」蘑絲說。

「為什麼？」恬娜粗暴問道，沒有打啞謎的興致。

「附近……附近有東西，」女巫說，並未焦慌恐懼，卻也神態不安。

「附近有惡徒！」恬娜說，蘑絲看著她，略略退縮。

「啊，好了，」她說：「啊，親愛的，妳身邊有團火，頭上都是閃耀的火。我施咒找孩子，但出了差錯，它似乎自行脫離，我不知道它是否已抵達終點。我很迷惘。我看到偉大的生物。我尋找小女孩，但我看到牠們在山中飛翔，在雲中飛翔。而妳現在就像這樣，頭髮彷彿著了火。出了什麼事兒？什麼問題？」

「戴皮帽的男子，」恬娜說：「一個還算年輕的男子，長得不錯。他背心的肩線綻了。妳在附近看過他嗎？」

蘑絲點點頭。「他們雇他去宅邸堆乾草。」

「我有沒有告訴妳……」恬娜往房子的方向一瞥，「瑟魯是跟個女人和兩個男人在一起？他是其中之一。」

「妳是說，對她……」

「是。」

蘑絲像座木雕般僵硬站著。「我不知道，」她終於說：「我以為我看的夠多了，但顯然不夠。什麼……為什麼會……他會去……去看她嗎？」

「如果他是父親，也許是來索回她。」

「索回她？」

「她是他的財產。」

恬娜平和說道。她一面說，一面抬頭望向弓忒山巔。

「但我認為那人不是她父親，我想他是另一人，那個告訴我村裡朋友，說孩子『傷到自己』的那人。」

蘑絲依然迷惘，依然被自己的咒法、視界，被恬娜的憤恨，及穢亂至極的邪惡存在所驚嚇。她搖搖頭，十分落寞。「我不知道，」她說：「我以為我看的夠多了。他怎麼能這樣回來？」

「來吞食，」恬娜說：「來吞食。我再也不會放她一個人。可是明天，蘑絲，早上我可能得請妳在這裡幫我看著她約莫一個時辰。我去宅邸時，妳能不能幫我這個忙？」

「哎，親愛的，當然。如果妳要，我可以在她身上施個隱藏咒。可是……可是他們在那裡，從王城來的大官……」

「正好，他們可以看看老百姓怎麼過日子。」恬娜道。蘑絲再度後縮，彷彿躲避風從火上吹起的一陣火星。

【第九章】

尋語
Finding Words

一群人在領主的廣闊田原上曝曬稻草，在明亮晨光中四散草坡上。恬娜遙望過去，看到其中三名刈割人是婦女，其餘兩名男子，一個是男孩，另一人彎腰駝背、滿頭花白。她沿著一排乾草堆走上前去，詢問婦人關於戴皮帽男子的事。

「他從谷河口來，」刈割人說：「不知他去了哪兒。」別人也走上前來，似乎很高興有機會休息片刻。沒人知道中谷來的男人去哪兒，不知他為何沒跟大夥兒一塊割草。「那種人待不住，」白髮蒼蒼的男子說：「懶惰。太太，妳認得他嗎？」

「我情願不認識。」恬娜道：「他在我家附近賊頭賊腦，嚇到孩子了。我甚至不知道他叫什麼名字。」

「他自稱『悍提』。」男孩說。別人則只是看著她或別過頭，一語不發。他們發現她就是住在老法師家的卡耳格女人——他們是銳亞白領主的佃農，對村民心存戒意、對任何與歐吉安有關的事都懷抱猜疑。他們揮動鐮刀，轉身離去，再次四散各處繼續工作。恬娜從山邊草原下山，走過一排橡樹，往路上行去。

路上站著一名男子。她心跳加快，走上前面對他。

來人是領主巫師白楊。他優雅倚著高長松木巫杖，站在路邊樹蔭下。她來到路上時，他說：「妳是來找工作嗎？」

「不是。」

「我主人需要人手。天氣愈來愈熱，稻草必須盡快收割好。」

對火石寡婦葛哈而言，他說的一切合情合理，因此葛哈禮貌回答：「依你的技藝必定能延遲降雨，直到稻草收割完畢。」但他知道她是歐吉安臨死前告知真名的女子，且因明白這點，他方才的話擺明了刻意侮辱，並且虛偽，等同明顯的警告。她原本希望問他是否知曉名叫「悍提」的男子目前人在何方，但現在她說：「我來告訴這裡的工頭，他請來割稻草的男子在我村裡行竊，還犯下更重的罪，不會是他想請的工人。但那人好像已經不在。」

她冷靜望著白楊，直到他勉強答道：「我不知道任何關於這些人的事。」歐吉安去世的清晨，她以為他是個年輕人，穿著灰披風、手握銀巫杖，是高大英俊的少年。但他沒有她以為的那麼年輕，也許他很年輕，形容卻枯槁憔悴。他的眼神跟聲音如今顯露輕蔑，因此她以葛哈的聲音回答：「你說的是。很抱歉。」她不想招惹他，轉身要往村裡走，但白楊說道：「慢著！」

她停步。

「妳說他不僅是個小偷。但蜚語廉價，而女人的碎嘴更勝盜賊。妳來此處，在工人間挑起紛爭，像女巫一樣散布誹謗謠言的巨亂種子。妳以為我不知道妳是女巫嗎？我看到那黏膩在妳身邊的骯髒妖怪時，妳以為我不知道她如何出生、不知道妳的目的嗎？想毀掉那怪物的人做得不錯，但他該完成他的工作。妳隔著老巫師的屍體反抗過我一次，我當時看在他和在場其餘人的面子上隱忍未發，但妳這次太過分了。女人，我警告妳，我絕不允許妳踏在這片領地上！如果妳膽敢違犯我的旨意，甚至敢再對我說話，我會放狗把妳趕出銳亞白，追落高陵山崖。聽懂了嗎？」

「不，」恬娜說：「我永遠不懂像你這樣的男人。」

她轉身往山下走去。

某種輕撫般的碰觸竄上她背脊，頭髮在頂上豎立。她原地轉身，看到巫師將巫杖伸向她，黑暗閃電圍繞四周，他雙唇微張，準備發話。她立時心想，就因格得失去法術，我以為男人也都喪失能力，但我大錯特錯！然後，一個彬彬有禮的聲音響起：「怎麼了，怎麼了？發生什麼事了？」

兩名來自黑弗諾的男子從道路另一端的櫻桃園走出來。他們以平和有禮的表情看看白楊，又轉向恬娜，彷彿遺憾必須阻止巫師對中年寡婦下咒。但這行為真的、真的不太合宜。

「葛哈女士。」身著繡金襯衫的男子說道，向她鞠個躬。

另一名明亮大眼的男子也一面微笑一面向她行禮，說：「我想，葛哈女士跟吾王一樣，對公開冠用自己真名一事想必毫無懼意。在弓忒時，或許她偏好我們以她的弓忒名稱呼；但她曾配戴自葉芙阮後再無女子配戴過的環，了解其行誼後，我希求表達自己的崇高敬意。」他自然地單膝下跪，非常輕巧快速地舉起恬娜的右手，以額輕觸她手腕，然後放開，起身，露出和藹、隱含默契的微笑。

「啊，」恬娜說道，既慌慌然又暖徹心扉，「世上有各種不同的力量……謝謝。」

巫師呆若木雞站著，雙眼大睜。他閉起嘴，未繼續詛咒，也收回巫杖，但一股明顯的陰氣依然籠罩在巫杖及他雙眼四周。

她不知道他是否原就知道她是環之恬娜，還是此刻才發現。無所謂，他已恨她入骨。身為女人就是她的錯，在他眼裡，沒有什麼可加深或彌補這項罪過，沒有責罰可謂足夠。他眼看瑟魯遭受的暴行卻表讚許。

「大人，」她對較年長的男子說道：「只有坦誠回應才不至污衊您身為吾王使者的言行。我盼望榮耀王上與其使者，但我自身的榮譽卻要求沉默，直至吾友允我開口。我……諸位大人，我相信他終將捎來訊息。只請諸位高抬貴手，允許他有更多時間。」

「自當如此。」一人說道，另一人也同意。「他需要多少時間都可以。而女士，您的信任比任何事物更榮耀我們。」

她終於轉向通往銳亞白的道路，心神震驚於突來的驚嚇與變化、巫師痛擊的恨意、她自身憤怒的鄙視、突然了解巫師有意願與能力傷害她而帶來的恐懼、因受到王廷庇護而恐懼突然終結。這些使者搭乘白帆大船，來自苦難的避風港、劍塔、王座，來自正道及秩序中心。她內心滿溢感激之情。王座上的確有位王，在他的王冠中，最重要的珍寶將是和平符文。

她喜歡那名年輕男子的臉，聰穎和藹，宛如對女王般對她屈膝下跪，還有那藏有一絲默契的微笑。她轉身回望，使者與巫師白楊一同走向宅邸，兩人與巫師似乎友善交談，彷彿剛才一切並未發生。

這一幕讓她期盼滿滿的信任消退了些許。當然，他們身為朝臣，本不應爭執或評判反對，而他是巫師，且是宅邸主人的巫師。不過，她想，他們也毋須這麼自在地與他共行暢談吧。

黑弗諾來的一行人在銳亞白領主的款待下待了幾天，或許希望大法師會改變心意去找他們，但他們未主動尋他，也未逼問恬娜他的下落。他們終於離開後，恬娜告訴自己，必須決定未來去向。已經沒有理由繼續留下，卻有兩個強烈的理由必須離開：白楊與悍提，任一個都不可能放過她與瑟魯。

但她發現下定決心不容易，離開變得不可思議。若現在離開銳亞白，她會真正離開歐吉安、失去他——只要她灑掃他的房子、替他的洋蔥除草，她就不會失去他。此外她想到：「在下面那邊，我永遠不會夢到天空。」她想，在凱拉辛來過的此處，她是恬娜；到了中谷，她將再只是葛哈。她試圖拖延，對自己說：「難道我該怕那些混混、躲避他們？他們正希望我這麼做。難道就該讓他們任意決定我的去留？」她告訴自己：「我把乳酪做完就好。」她讓瑟魯隨時待在她身旁。日子一天天過去。

蘑絲帶來消息。恬娜問她關於巫師白楊的事，但沒說出整件事，只說他威脅她——很可能他原本僅打算如此。蘑絲通常避開老領主的領土，但她對那裡發生的事情頗感興味，因此不討厭有機會去那兒見見朋友——包括一名教她接生的婦人，以及其餘教她醫治或搜尋的人。她誘導她們討論宅邸裡發生的事。她們都憎恨白楊，因此很願談論他，只是怨恨跟恐懼占了故事的一半。不過，虛構中亦有事實。蘑絲本人證實，少主，也就是領主的孫子，一向身強體壯，雖然個性害羞、鬱悶，「怯怯的。」她說。直到三年前白楊來此。少主的母親過世，老領主請柔克派一名巫師來。「來做什麼呢？尤其歐吉安大爺只不過在一哩外？而且那宅邸裡的人，本都是巫覡。」

但白楊來了。他除表敬意外，跟歐吉安素無接觸，而且，蘑絲說道，他一直待在宅邸。自那時起，愈來愈難得見到那孫子，據說他日夜臥床，「像生病的嬰兒般，完全皺縮起來」，一名曾因雜務而進屋內的婦人說道。但老領主——蘑絲堅稱他「已一百歲，或快到，或更老」，她對數字無恐懼亦無敬意——精神奕奕，她們形容為「精力充沛」。有名男僕（他們只允許男僕入宅邸服侍）告訴其中一名婦人，老領主請了巫師來讓他長生不老，那男僕說，巫師正用他孫子的生命餵養他。這男僕覺得並無不妥，「誰不想長生不老？」

「啊。」恬娜說，有點受驚，「這真是個可怕的故事。這件事村裡都沒提嗎？」

蘑絲聳聳肩。這又是件「算了」的事。強勢者的作為不是弱勢者能評斷的，同時，有種隱約盲目的忠誠深植這片土地：那老頭是他們的主子，銳亞白領主，他做什麼都不關別人的事……蘑絲顯然也這麼覺得。「很危險，」她說：「那種技法一定會出問題。」但她沒說那是邪惡的。

宅邸那兒沒看到悍提的身影。由於渴望確定他是否已離開高陵，恬娜問了一兩名相識村民，是否見過此人，但她得到不情願且敷衍的答案，他們不想介入她的是非。「算了……」只有老阿扇待她如朋友與村人，但也可能只是因為他的視力衰弱到看不清瑟魯的模樣。

她現在連進入村莊，或只要離開房子，都把瑟魯帶在身邊。

瑟魯不覺得如此束縛令她厭煩，她像年幼孩子般膩在恬娜身邊，陪她工作嬉戲。她的遊戲就是挑花繩、編籃子，還有玩兩具骨雕玩偶，原本裝在恬娜從歐吉安櫥櫃中找到的小草袋裡。其中一個可能是狗或羊，另一個是人偶。恬娜感覺不到它們有任何力量或危險，蘑絲也說「只是玩具」，但對瑟魯而言，它們卻有無窮魔力。她會連續幾個小時依沉默的故事情節發展移動這兩具小玩偶。她遊戲時不說話。有時她為小人兒和動物蓋房子，有石堆和稻草泥屋。小玩偶隨時裝在小草袋中，放在她口袋裡。她正學習紡線，用燒毀的手握繞桿，另一手旋轉紡錘。自從來到這裡，她們定期梳理山羊，如今已有一大袋絲軟的山羊毛可紡成線。

「但我應該教導她，」恬娜想，心思混亂。「歐吉安說過，教導她一切。但我要教她什麼呢？烹飪跟紡線嗎？」然後另一部分心思以葛哈的聲音說道：「難道這些不是真正、必要、尊貴的技藝嗎？難道智慧只存於文字而已？」

然而，她擔心這件事，所以某天下午，瑟魯坐在桃子樹蔭下拉扯羊毛清理、打散毛團，然後開始梳理毛髮時，她說：「瑟魯，或許妳該開始學習事物的真名。在某種語言中，所有事物都擁有自己的真名，行為跟語言能合而為一。兮果乙說這種語言，將群嶼從海洋深處抬起。這是龍說的語言。」

孩子沉默聆聽。

恬娜放下鋼絲刷，從地上撿起一顆小石。「在這種語言中，」她說，「這是拓。」

瑟魯看著她的動作，然後重複說「拓」，但沒出聲，只用右邊被疤痕微向後拉扯的嘴唇形成這字。

石子躺在恬娜掌心，還是石子。

兩人沉默。

「還不到時候，」恬娜說：「這不是我現在該教妳的。」她讓石子墜地，拾起梳子，還有一把灰蓬蓬的羊毛可開始梳理。「也許妳取得真名後，才該開始學習這些。不是現在。現在，只要聽。現在是聽故事的時間，是妳該開始學會這些故事的時候。我可以跟妳說群嶼和卡耳格大陸的故事。我跟妳說過一個從我朋友緘默者艾哈耳那兒聽來的故事，現在，我要跟妳說一個我朋友雲雀說給孩子聽的故事。這是安道耳與阿伐得的故事。在如同『永遠』那麼悠久以前，如同偕勒多島那麼遙遠的地方，住著一個叫安道耳的人，他是樵夫，常獨自上山。有一天，在森林深處，他砍倒一棵大橡樹，橡樹倒下時，用人聲對他大喊……」

兩人度過一個愉快午後。

但那晚，恬娜躺在沉睡孩子的身邊無法入眠。她輾轉反側，擔心一個又一個瑣碎憂慮：我有沒有關好牧地柵門；我的手是因為刷毛而痛，還是風濕要開始犯了……諸如此類。然後她變得非常不安，覺得屋外有噪音。為什麼我沒養隻狗呢？她想，沒養狗真是笨極了。現下世道裡，獨居婦人跟小孩應該有隻狗。但這是歐吉安的房子！沒人會來這裡犯下罪行。但歐吉安死了，死了，埋在森林邊緣的樹根下。沒有人會來。雀鷹不在了，逃跑了，他甚至不再是雀鷹，只是影子般的男人，對任何人都沒用處，一個被逼著存活的死人。而我毫無力氣，我沒什麼用處。我說出創生之語，它卻消逝在我口裡，毫無意義。一顆石子。我是女人，老女人，軟弱，愚蠢！我做的一切都是錯的。我碰觸的一切都會變為灰燼、虛影、石塊。我是黑暗的生物，充斥黑暗。只有火焰能淨化我。只有火焰能吞食我，完全吞食我，像……

她坐起身，大聲用母語喊道：「詛咒逆轉，逆轉！」舉起右臂，直直指向緊閉門扇，然後從床上跳起，走到門口一把推開門，對著多雲夜空說道：「你來得太晚了，白楊。我老早就被吞食了。去清理你自己家吧！」

沒有回答，沒有聲音，只有一股淡淡、酸酸、污穢的燃燒味，像燒焦的布料或頭髮。

她關上門，用歐吉安的巫杖倚住，然後轉身看到瑟魯依然沉睡。她一夜無眠。

早晨時分，她帶著瑟魯進村，去問阿扇想不想要兩人紡織的毛線。這是個藉口，讓兩人遠離房子，暫時走入人群。老人說他很樂意編織這捆毛線，然後他們在大漆扇下聊天，學徒皺著眉繼續讓織布機喀喀作響。恬娜與瑟魯離開阿扇屋子時，有人閃躲入她住過的小屋處拐彎。有黃蜂或蜜蜂之類的東西螫著恬娜後頸，四周一片雨聲滴答。來了一場夏季暴雨，但天空無雲……小石頭。她看到碎石打在地上。瑟魯驚訝而困惑地停住，四處張望。幾個男孩從莊屋後跑出，半隱半現，相互叫囂、大笑。

「來吧。」恬娜平穩地說，兩人繼續往歐吉安的屋子走去。

恬娜全身發抖，愈走愈抖，但試著不讓瑟魯發現，她看起來有點擔心但不害怕，不了解發生什麼事。

一入屋內，恬娜便知道她們在村裡時有人進來過。屋內聞起來像燒焦的肉跟毛髮，兩人的床鋪也凌亂不堪。

她試圖想法子，便知道有人對她施了咒。她顫抖不止，腦子一片混亂、遲鈍、無法決定。她無法思考。她說了那個字，石頭的真名，卻當面遭石頭拋擊——一張邪惡的面孔，醜惡的面孔——她不敢說話……她不能說話……

她以母語想著：「我不能用赫語思考，絕不行。」

她可以用卡耳格語思考，但不靈敏。彷彿要請她好久以前曾是的女孩阿兒哈從黑暗中走出來幫自己思考，來幫助自己，如同她昨夜幫助自己將巫師的詛咒反轉一般。阿兒哈不知道恬娜與葛哈知道的大部分事，但她知道該如何詛咒、如何生活在黑暗中，以及如何沉默。

這點很難做到，沉默。她想大叫，她想說話……去找蘑絲，告訴她發生什麼事、為什麼她必須離開，至少該道別。她想對石南說：「石南，這羊現在都是妳的。」最後她以赫語順利說出，好讓石南明白，但石南不明白，她張大眼睛笑道：「牠們是歐吉安大爺的羊！」

「那……妳……」恬娜想說「繼續為他養羊」，但一陣致命的噁心襲入她的身體，然後她聽到自己的聲音尖叫：「白癡、傻瓜、蠢材、女人！」石南呆望，停止大笑。恬娜用手摀住自己的嘴。她抓住石南，要她轉身看在擠奶棚裡波動的乳酪，然後不斷來回指著它們，直到石南含糊地點點頭，又開始大笑，因為恬娜舉止非常奇怪。

恬娜向瑟魯點點頭……讓她過來……然後走進屋內。惡臭變得更強烈，讓瑟魯害怕畏縮。

恬娜拿出兩人的行囊與旅鞋，在自己袋子裡放入替換的洋裝及襯衣、瑟魯的兩件舊洋裝、半完成的新洋裝、多出來的布、她為自己及瑟魯刻出的紡錘、紡縛、一點乾糧以供路上充飢、一陶瓶水。瑟魯的包袱則裝著瑟魯最好的籃子、裝著人形及動物玩偶的草袋、幾根羽毛、一塊蘑絲給她的小迷宮氈，還有一袋堅果及葡萄乾。她想說：「去幫桃樹澆水。」但不敢說出口。她把孩子帶出門，比給她看。瑟魯小心翼翼灌溉細小幼苗。

她們迅速而沉默地灑掃整理屋子。

恬娜將一只水壺放回櫃上，然後瞥到另一端的三本大書，歐吉安的書。阿兒哈看到它們——對她來講無足輕重，只是裝滿紙片的大皮盒。

但恬娜盯著它們，囓咬指節，皺起眉頭，努力想決定、想知道該怎麼做、該如何搬運。她搬不動，但必須搬。它們不能留在這遭玷污、仇恨曾經踏入的屋子內。它們是他的，歐吉安的，格得的，她的。知識。教導她一切！她將原本裝著羊毛與毛線的提袋倒空，然後將大書一本疊著一本放入，最後以末端有環的皮繩綁緊袋口固定。「我們得走了，瑟魯。」她說卡耳格語，但孩子的名字是一樣的，原本就是卡耳格文，是火焰、燃燒。她跟來，不問問題，背上裝滿她所有財產的小行囊。

她們拾起榛樹棍和赤楊枝手杖，將歐吉安的巫杖留在門邊陰暗角落，敞開門戶，讓海風自由進出。

動物般的直覺引導恬娜避開田野與來時山路。她握著瑟魯的手，從陡峭牧地抄近路，接到通往弓忒港的曲折小徑。她知道如果遇上白楊，一切都徒勞無功，然後又想到他可能在路上等她，但或許不會在這條路上。

下坡路走了一哩左右，她開始能思考。她起初想的是，自己選對了路，因為赫語辭彙漸漸回到腦海中，一陣子後，真言也返回，因此她彎下腰撿起一顆石子握在手中，在心底說「拓」，將石子放入口袋。她面向寬廣天空與繁複雲層，在心裡說了一次「凱拉辛」。然後如同澄澈天空，她的思緒也變得清明。

她們走到一條長窄道，兩旁高立荒蕪土丘，猙露岩脈投下遮蔽陰影，讓她微微不安。路一轉，她們看到深藍海灣就在下方，雄武雙崖間正航入一艘滿帆的美麗船艦。恬娜上次看到這種船時很害怕，但這次不怕了。她想一路跑下山去迎接。

只是她不能這麼做。她們依瑟魯的速度行走，比兩個月前快得多，下山的路程也輕鬆。但船艦朝她們飛奔而來，乘著法術風，船像飛翔天鵝般飛躍海灣，在恬娜與瑟魯還沒走到下段長彎之前，船已入港。

對恬娜來說，城鎮無論大小，都非常奇特，因她從未在其中生活。她曾有一陣子看過地海最偉大的城市黑弗諾，以及好多年前，她曾與格得一起航入弓忒港，但他們未在街道停留，便直接爬坡上高陵。她唯一認識的另一座鎮，是她女兒住的谷河口，那是一座慵懶和煦的小港鎮，只要有艘商船從安卓群嶼來就算大事，居民絕大部分話題都圍繞著魚乾打轉。

她與孩子走在弓忒港街道上，太陽依舊高懸西方海上。瑟魯毫無怨言走了十五哩路也沒有累倒，不過她一定很累了。恬娜也很累，因為前晚一夜無眠，而且過度憂慮，歐吉安的書也是沉重負荷。半途，她將書放入背包，把乾糧跟衣物放入羊毛袋，稍有紓解，但沒改善太多。因此兩人拖著疲累腳步穿過外圍屋舍，來到城門前。道路穿過門前一對石龍後變成街道。城門守衛便站在那兒檢視她們。瑟魯將燒毀的臉轉向肩膀，將燒毀的手藏在圍裙下。

「妳會住在鎮上旅舍嗎，太太？」守衛問道，仔細瞧著孩子。

恬娜不知該說什麼才好，她不知道城門前會有守衛。她沒錢可付過路費或住宿費。她在弓忒港半個人也不認得，除了……她想到上山來埋葬歐吉安的巫師，但他叫什麼？她不知道他叫什麼。她呆立，嘴巴微張，像石南一樣。

「過吧，過吧。」守衛無聊地說道，轉身背對她們。

她想問他，怎麼走到往南穿過岬角、通往谷河口的海邊道路，但她不敢再引他注意，以免被認定是名流浪婦、女巫，或是任何他跟那對石龍要阻在弓忒港外的東西。所以她們穿過石龍中間——瑟魯稍稍抬起頭看看牠們——然後沿著鋪路卵石，一步步向前踏，愈來愈感驚異、慌張、窘迫。恬娜覺得世上任何人或任何東西都從未被擋在弓忒港外，什麼都在這兒。石造高房、馬車、大車、板車、牛隻、驢子、市集、商店、人群、人、人……愈往裡走，人愈多。瑟魯緊抓恬娜的手，側身而行，用頭髮藏住臉。恬娜緊抓瑟魯的手。

她認為兩人沒辦法住在這裡，唯一能做的是繼續往南走，一直走到天黑，就快了，然後希望有辦法在樹林紮營。恬娜選了一位穿著一片大白圍裙，正關上店舖百葉窗的壯碩婦人，決心問她向南出城的路。婦人緊實紅潤的臉龐看來還算和善，但正當恬娜鼓起勇氣要對她說話時，瑟魯緊抓住她，彷彿要將自己靠著她躲藏起來。她一抬頭，看到戴皮帽的男子從街道彼端朝她走來。他也看到她，駐足不前。

恬娜一把握住瑟魯手臂，半拖半揮拉她轉身。「快來！」她說，然後大踏步走過那男子。一旦越過他，她走得更快，往日落海面的閃耀、夜色，及這條陡峭街道底端的船埠與碼頭下山走去。瑟魯在她身邊跑步，發出剛燒傷時一樣的嘶啞呼吸聲。

高大船桅映著紅黃色天空晃蕩。那艘大船已收起船帆，停泊在一艘有槳帆大木船之後，倚著石碼頭。

恬娜回過頭去。那男人在不遠處尾隨，腳步不疾不徐。

她跑上碼頭，但一段路之後瑟魯絆倒，無法繼續前進，喘不過氣。恬娜抱起孩子，孩子緊攀著她，將臉埋在恬娜肩膀裡。但背負這如此重擔，讓恬娜幾乎無法移動。她雙腿顫抖，跨出一步、一步、又一步。她走到架在碼頭跟甲板間的小木橋，手扶上欄杆。

甲板上一名光頭、精瘦的水手上下打量她一眼。

「怎麼了，太太？」他說。

「這……這是從黑弗諾來的船嗎？」

「當然，從王城來的。」

「讓我上船！」

「嗯，這我可辦不到。」水手說著咧嘴而笑，但他眼光遊移，看著站到恬娜身邊的男人。

「妳不用跑走。」悍提對她說：「我對妳沒有惡意，我不想傷害妳。妳不了解。我是帶她求救的人，不是嗎？我真的很抱歉發生這種事。我想幫妳照顧她。」他伸出手，彷彿難以自抑、受到吸引去碰觸瑟魯。恬娜無法移動。她答應過瑟魯不再讓他碰觸她。她看到那隻手碰到孩子外露、縮避的手臂。

「你找她有何事？」另一個聲音說道。一個水手站在光頭水手的位置，是個年輕人。恬娜以為是自己的兒子。

悍提連忙回答：「她抱著……她帶走我的孩子，我的姪女。她是我的。她對孩子施咒，偷走她，你看……」

她完全無法說話。言語又離她而去，從她身上被剝奪。那年輕水手不是她兒子。他臉龐消瘦嚴肅，雙眼明澈。她看著他，找到詞句：「讓我上船，拜託你！」

年輕人伸出手，她握住，他領她過橋板，上船艦。

「在這裡等一下。」他對悍提說，然後對她說道：「跟我來。」

但她的腿再也撐不住。她癱在黑弗諾大船甲板上，拋下沉重提袋，但緊抱孩子。「別讓他帶走她，喔，別讓祂們奪走她。別再來了，別再來了，別再來了！」

【第十章】

海豚
The Dolphin

她不會放開孩子，不會將孩子交給他們。船上都是男人，過了很久，她才開始領略他們正對她說些什麼、已經做了什麼、正發生什麼事。她明白自己誤認為兒子的年輕男子身分為何後，感到自己彷彿一直明白這點，只是無法思考。她方才什麼都無法思考。

他已從碼頭走回船上，站在橋板邊，與一名看似船長的灰髮男子談話。他瞥了恬娜一眼，她依然抱著瑟魯，蹲踞在甲板上欄杆與轆轤圍成的角落裡。漫長一天的疲累壓過恐懼，瑟魯正緊靠恬娜熟睡，把她的小背袋當作枕頭，披風當毯子。

恬娜緩緩站起身，年輕男子立刻來到她身邊。她拉直裙襬，試著撫平頭髮。「我是峨團的恬娜。」她說。他停住腳步。「我想你就是王。」

他很年輕，比兒子星火還要年輕，大概還不到二十歲，但某種氣質讓人感覺他一點都不年輕，某種眼神讓她想到：他曾通過火的試煉。

「夫人，我是英拉德的黎白南。」他說，而他正要對她鞠躬，甚至下跪。她抓住他的手，兩人面對面站著。「別對我鞠躬下跪，」她說：「我也不如此對你！」

他驚訝地笑了，然後握她的手，坦率盯著她。「妳怎麼知道我在找妳？妳是來找我的嗎？就是那人……？」

「不，不。我在逃開……他……逃開……逃開一些惡棍……我打算回家，如此而已。」

「回峨團？」

「噢，不是！到我的農場去。中谷。在弖忒這兒。」她也笑了，笑中帶淚。現在可以流淚，也將開始流淚。她放開王的手好擦眼睛。

「中谷在哪裡？」他問道。

「往東南，繞過那邊的岬角。港口在谷河口。」

「我們會帶妳去。」他說道，很高興能夠為她效勞。

她微笑地擦擦眼，點頭接受。

「喝杯酒，吃點東西，休息一會兒。」他說：「還有一張床給妳的孩子。」在一旁靜待的船長下了令。彷彿在很久以前見過的那位光頭水手上前，想抱起瑟魯。恬娜擋住他，她無法允許他碰瑟魯。「我來抱她。」她聲音尖銳。

「太太，那裡有臺階，我來就好。」水手說。她明白這是好意，但就是無法允許他碰觸瑟魯。

「讓我來吧。」年輕人——王——說道，詢問地瞥了她一眼後，跪下，摟起熟睡孩子，抱過艙房門口，小心翼翼走下梯子。恬娜跟隨在後。

他生疏而溫柔地將她放在一間小艙房床板上，將披風覆蓋好，邊緣塞緊。恬娜由著他做。

在一間跨越船艉的較大艙房中，一扇長窗俯望暮色滿滿的海灣，他請她在橡木桌邊坐下，從少年水手手中接過托盤，在厚重玻璃杯內注滿紅酒，請她品嚐鮮果及糕餅。

她品嚐酒液。

「好酒，可惜不是龍年。」她說道。

他像個普通少年般，毫無矯飾地面露驚訝。

「這酒是從英拉德來的，不是安卓群嶼產的。」他怯怯說道。

「這酒很好。」她向他保證，又喝了一口。她拈起一塊糕餅，是塊鬆脆餅，豐潤而不甜膩；綠色、琥珀色的葡萄甜中帶酸；食物與紅酒的鮮明味道宛如繫泊船艦的繩索，將她再次繫留於人間、回復理智。

「我方才極端害怕。」她道歉，「我想我會很快回復理智。昨天……不，今天，今早……有……咒法……」這詞讓她幾乎說不出口，她結巴吐出，「我想，有人對我施下……詛……詛咒，奪去我的言語、我的神志。所以我們逃離，但正好碰上那男人，就是他……」她絕望地抬頭望著凝神聆聽的男子，他沉著的眼神讓她說出必須說的話。「他就是讓那孩子傷殘的其中一人。他和她父母。他們強暴她、鞭打她，還燒傷她。陛下，世上竟有這樣的事！這種事居然發生在孩子身上。然後他一直跟著她，要奪走她。然後……」

她止住，喝口酒，強迫自己品嚐味道。

「為了逃離他，我跑向你。跑向避難所。」她環顧四周，看著雕鑿而成的低矮艙梁、光滑桌面、銀托盤、年輕人削瘦沉靜的臉。他的頭髮烏黑柔軟，皮膚是澄澈的紅銅色，衣著講究卻樸實，不戴任何鍊子、戒指，或象徵權力的裝飾。但他看起來就有君王的氣魄，她想。

「我很遺憾我任他離去。」他說道：「但可以再找到他。誰在妳身上施加法咒？」

「一個巫師。」她不願說出名字。她不願回想一切。她想將一切拋諸腦後，毋須報復，毋須追逐。讓它們盡留在自己的怨恨中，將它們放諸身後，遺忘。

黎白南沒有追問，但問道：「妳在妳的農莊，可否免受他們侵擾？」

「我想可以吧。如果我不是這麼疲累、被擾亂……被……擾亂意識，以致無法思考，我不會怕悍提。他能做什麼？在一條人聲鼎沸的街道上？我不應逃離他。但我只感受到她的恐懼，她那麼幼小，只知道畏懼。她必須學會不再怕他，我必須教導她這點……」她神志遊離，卡耳格的思緒流入腦海。她剛剛是說卡耳格語嗎？他會以為她瘋了，一名喃喃自語的老瘋婦。她偷偷抬頭望他一眼，他黑亮雙眸沒望著她，而凝望一盞低懸玻璃油燈中的火苗，一簇細小、靜止、清澄的火焰。他的臉對年輕人來說，太過憂傷。

「你是來找他的。」她說道：「找大法師。雀鷹。」

「格得。」他說，帶著淡淡微笑看她。「妳、他，還有我，以真名示人。」

「你跟我，是的。但他，只對你我如此。」

他點點頭。

「妒恨的人、惡意的人，對他造成危險，而他現在沒有……沒有抵抗的能力。你知道嗎？」

她無法勉強自己說得更明白，但黎白南說道：「他告訴我，他身為法師的力量已經消失了。傾用來拯救我及所有人。但這很難相信。我不想相信他。」

「我也是。但的確如此。因此，所以他……」她再度遲疑，「他想獨處，直到傷痛完全癒合。」她最後謹慎說道。

黎白南說道：「他與我一同在黑暗之地，在旱域。我們一同死去，一同翻越該處山脈。人也可以翻越山脈返回人世，有路可走。他知道。但那山脈名為苦楚。那些石頭……石頭會割人，而傷口不易痊癒。」

他低頭看著雙手。她想著格得那劃破割裂的雙手，他緊握著掌上的傷口，迫使割痕貼攏閉合。

她自己的手握住口袋裡的小石子，她在那條陡坡上撿起的真字。

「他為什麼避不見我？」年輕人哀喊，接著靜靜說道：「我的確盼望能見著他。但他若不願意，自當就此罷休。」她看見了如同黑弗諾使者所表現的端禮、文質彬彬以及尊嚴，她讚賞這些，她明白其價值。但她因他的哀淒而愛他。

「他一定會到你身邊，只是得給他時間。他傷得如此深刻，被剝奪了一切。但每當他提及你，說到你的名字，噢，我在那一刻看到原本的他，也是他將再度回復的樣子：充滿傲氣！」

「傲氣？」黎白南好似訝異地覆誦。

「是的。當然是傲氣。除了他之外，還有誰有資格自傲？」

「我一直把他想成……他太有耐性了。」黎白南說，因為自己貧乏的形容而笑。

「現在他毫無耐性。」她說：「而且對自我嚴苛得過分。我想，我們無能為力，只能讓他自行摸索，然後，像在弓忒常說的，直到窮盡自身極限……」突然，她也撐到了極限，疲累不適。「我想我現在必須休息了。」她說道。

他立刻起身。「恬娜夫人，妳說妳逃離一名敵人，又遇上一名；但我來尋找朋友，卻又尋得一位。」他的機智與善良令她微笑。真是好孩子，她想著。

她甦醒時船上一片嘈雜：木塊吱吱嘎嘎作響、頭上跑過腳步登登聲、船帆震動、水手高喊。瑟魯不易喚醒，神情呆滯，也許有點發燒，但她的體溫一向熱到恬娜很難判定是否正常。拖著如此脆弱的孩子徒步走十五哩，加上昨天發生的一切，恬娜心懷歉疚，試著振奮瑟魯的精神，開始訴說兩人正在一艘船上，船上有位真正的王，她們所在的小房間是王的房間，船要帶她們回到農場的家，雲雀阿姨會在家裡等著她們，雀鷹或許也會在。但連最後一點都引不起瑟魯的興趣。她完全呆板、遲緩、死寂。

在她瘦小手臂上，恬娜看到一道痕跡——四隻指痕、泛紅如烙痕，彷彿來自捏抓的淤青。但悍提沒有硬抓，只是碰觸她。恬娜曾告訴她、承諾她，他再也不會碰觸她。承諾已打破，她的言語毫無意義。在裝聾作啞的暴力面前，什麼言語能有意義？

她俯身親吻瑟魯手臂上的痕跡。

「如果我早點完成妳的紅洋裝多好！」她說道：「王可能想看看。但話說回來，我想就連王也不會在船上穿最好的衣服。」

瑟魯坐在床板上，頭俯低著沒作答。恬娜梳整她終於長出的濃密頭髮，黑絲流洩，掩蓋住燒傷的頭皮。「小鳥兒，肚子餓嗎？妳昨晚沒吃，或許王會讓我們吃點早餐。他昨天請我吃糕餅跟葡萄。」

沒有回應。

恬娜說該離開艙房時，她乖乖聽從。在甲板上，她側身站立。她沒抬頭望望滿載晨風的白帆、沒觀看閃亮海水，也沒回望弓忒山、向天空昂立的壯闊森林、懸崖及嶽峰。黎白南對她說話時，她沒抬頭。

「瑟魯，」恬娜跪在她身旁，柔聲道，「王對妳說話時，妳要回應。」

她沉默。

黎白南看著瑟魯，表情深不可測。或許這是個面具，用以隱藏噁心、震驚的禮貌面具，但他黑亮雙眸穩穩直視，非常輕柔地碰觸孩子手臂，說道：「醒來就發現自己置身在海中央，妳一定覺得十分奇怪。」

瑟魯只肯吃一點點水果。恬娜問她是否想回艙房時，她點點頭。恬娜不情願地任她蜷縮在床板上，自己回到甲板。

船艦正通過雄武雙崖，兩排高聳的肅穆岩壁彷彿將倚倒在船帆上。鎮守的弓箭隊從燕子窩般高築岩壁上的小堡壘中下望甲板上的人，水手則興奮地對他們大叫。

「為吾王開道！」他們喊道，從上傳下的回答也只如高處的燕啾：「吾王！」

黎白南與船長，及一位披著柔克法師灰披風，年長、扁瘦的細眼男子，一同站在昂挺船首。格得與她將厄瑞亞拜之環帶往劍塔那天，他便穿著這樣一件潔淨細緻的披風；在峨團陵墓的冰冷石塊上，在兩人共同跨越的沙漠荒山塵土上，一件老舊披風，污漬、骯髒又襤褸，則是他唯一被褥。她一邊想，一邊看泡沫自船側飛濺，高大懸崖節節後退。

船通過最後一道礁岩轉向東行時，三位男子向她走來。黎白南說道：「夫人，這位是柔克島的風鑰師傅。」

法師鞠躬，望向她的敏銳眼神中帶著讚許，也有好奇。這是個會想知道風向如何的人，她想。

「現在我毋須期待，便能相信天氣定會持續晴朗了。」她對他說道。

「在這種天氣裡，我只須當乘客，」法師說：「況且有賽拉森船長這樣的水手掌船，哪還用得著天候師？」

他們都這麼禮貌，她想著，滿口夫人、大人、師傅、船長，又是鞠躬又是讚美。她瞥向少王。他正看著她，微笑但矜持。

她又感到猶如當年在黑弗諾的日子，自己依然是少女，處在眾人的圓滑之間，粗鄙如野蠻人。但因她現在不再是少女，便不感敬怯，只心想，男人如何將他們的世界調整成戴著面具的舞蹈，而女人多輕易學會如何隨樂起舞。

他們告訴她，航行到谷河口只要花一個白日。有如此風助，今天傍晚就可抵達。

前日漫長的憂慮跟緊張讓她依然疲乏，因此她滿足地坐在那光頭水手利用稻草床墊及一塊帆布為她鋪成的座椅，觀看浪花、海鷗，弓忒山的輪廓在中午日照下蔚藍而朦朧，船艦依憑陡峭海岸，蜿蜒航行在距陸地僅一、二哩外，使山景變幻無窮。她把瑟魯帶上來曬曬太陽，孩子躺在她身邊，半睡半醒。

一名非常黝黑、缺牙的水手，踏著獸蹄般腳跟、醜惡糾結的指頭，光腳走來，放了樣東西在瑟魯身旁帆布上。「給小女孩兒的。」他沙啞說道，然後立刻走開，但沒走遠。他不時滿心期待地從工作中轉頭探看她是否喜歡他的禮物，又假裝他沒有回頭張望。瑟魯不肯碰觸那小布包，恬娜只得幫她打開。裡面是隻以骨頭或象牙精雕細琢的海豚，大約她的拇指長。

「它可以住在妳的小草袋，」恬娜說道：「跟別的骨頭族住在一起。」

聽到這點，瑟魯稍稍回神，拿出草袋，放入海豚。但瑟魯不肯看他或說話，恬娜必須過去感謝那位謙遜的送禮人。一陣子後，瑟魯要求回船艙，恬娜就讓她留在那兒，與骨頭人、骨頭動物和海豚作伴。

這麼輕易，她憤怒地心想，悍提這麼輕易就奪走陽光、奪走船艦、奪走王與她的童年，但要還又何等容易！我花了一年想把這些還給她，但只要一次碰觸，他就能奪走、丟棄。這對他有何好處？當作他的獎品或力量嗎？難道力量僅是空無？

她走到船邊欄杆與王及法師共立。夕陽即將西沉，船艦正航過一片璀璨光芒，讓她想起與龍共翔的夢。

「恬娜夫人，」國王說道：「我沒有信息請妳轉交給我們的朋友。我認為這麼做只是徒增妳的負擔，也侵犯他的自由，而兩者皆非我意。我將於一個月內舉行加冕，如果是由他端持王冠，大業將如我心所願肇始。但無論他在場與否，都是他引領我得到我的王國，他讓我成為王。我不會忘了這點。」

「我知道你不會忘的。」她溫柔說道。他如此激動、如此認真，武裝在階級的盔甲中，但他誠實純正的意念也讓他脆弱。她的心憐憫他，他以為已了解痛苦，但他將一再體會，終其一生無可忘懷。

而因此，他不會像悍提那般，做出苟且的選擇。

「我願意帶個信息，」她說：「這對我來說不是負擔。至於聽不聽，只能由他。」

風鑰師傅咧嘴而笑。「一向如此。他做任何事都只能由他。」

「你認識他很久了嗎？」

「甚至比妳還久，夫人。我盡己所能教導過他……」法師說道：「他還是個男孩時就來到柔克學院，帶著一封歐吉安的信，信裡說他有極大力量。而我第一次帶他坐船出海，學習如何對風言語時，妳相信嗎，他就召喚水龍捲風。我當時便預見未來光景了。我那時想，他要不在十六歲前被淹死，要不在四十歲前成為大法師……至少我寧可認為自己當初這麼想過。」

「他還是大法師嗎？」恬娜問道。這問題聽起來無知得露骨，一陣沉默緊接而來，她擔心這比無知更加嚴重。

法師終於說道：「已沒有柔克大法師了。」語氣極端謹慎、精確。

她不敢問他的意思。

「我想，」王說道：「癒合和平符文之人應可參與王國中任何一項會議，先生，你同意嗎？」

又一陣沉默與明顯的小小掙扎後，法師說道：「當然可以。」

國王等待著，但沒再說什麼。

黎白南望向明亮海面，彷彿說故事一樣地開口：「他跟我從最遠的西方乘龍來到柔克時……」他緩了緩，而龍的名字自行在恬娜腦海中開口，「凱拉辛」，像一聲鑼響。

「龍將我留在那，卻帶著他飛走。柔克宏軒館的守門師傅當時便說：『他已完成願行，返家去也。』在那之前——在偕勒多海灘——他指示我留下他的巫杖，說他已不再是法師。因此，柔克師傅開會討論，以選出新任大法師。

「他們允許我與會討論，一方面讓我學習王對智者諮議團所應了解之事，也為了讓我替代其中一人——召喚師傅索理安，雀鷹大人發現並終結的那個邪惡，反蝕了索理安的技藝。我們在旱域時，在城牆跟山嶽之間，我看到索理安。大人對他說話，要他跨越城牆回到人世間的道路，但他沒走上那條路，他沒回來。」

年輕人強勁健康的雙手緊握船艦欄杆。他依然望著海面，沉默一分鐘後，繼續說故事。

「我湊足所需的人數，九人，以選出新任大法師。」

「他們是……他們是很睿智的人，」他說道，瞥了一眼恬娜。「不只在技藝方面，知識更是充沛。如同我之前所見，他們運用彼此的特點，做出最強有力的決定。但這次……」

「事實是，」風鑰師傅發現黎白南不願表露批評柔克眾師傅之意，便接著說，「我們只有歧見，沒有定見。我們無法達成共識。因為大法師未死——仍在人世，卻已非法師——且依然是龍主……而且，變換師傅依然因自己技藝的反蝕而惶惶不安，仍相信召喚師傅會死而復生，請求我們等他……加上形意師傅不肯說話——他是卡耳格人，夫人，像妳一樣。妳知道嗎？他來自卡瑞構。」他敏銳雙眼觀察她：知道風吹向何處嗎？「因此，我們面臨難以解決的問題。守門師傅詢問該選擇誰時，找不到人選。所有人面面相覷……」

「而我盯著地上。」黎白南說道。

「最後，我們看著知曉名字的人——名字師傅，而他正看著形意師傅。形意師傅一語不發，像殘根般坐在樹木間。我們在心成林中開會，在那些樹根比島嶼更深的樹木間。當時已傍晚，有時樹林間會有光芒，但那晚沒有。一片漆黑，毫無星光，天空多雲。然後，形意師傅站起身以母語開始說話，既非太古語，也非赫語，而是卡耳格語。我們之中很少人會，甚至不知道那是什麼語言，而我們不知道該怎麼看待此事。但名字師傅告訴我們形意師傅說了什麼。他說：『弓忒島上的女人』。」

他停話，也沒有看她。一會兒後，她問：「沒別的了？」

「一個字也沒有。我們追問，他呆望我們無法回答，因為他當時處於幻象，看到的是事物的組態——形意，極少能以語言形容，更遑論意念。對於如何理解說出口的言語，他懂得不比我們多。但我們僅有這些。」

柔克師傅畢竟都是老師，而風鑰是非常好的老師，因此不由自主明白闡述故事，或許說得比他預期還清楚。他再次瞥向恬娜，然後調開目光。

「所以，妳了解嗎？顯然我們應該來弓忒。但做什麼？找誰？『女人』……沒什麼線索！顯然這位女士會以某種方式引導，告訴我們如何找到大法師。而夫人，妳或許已經想到，我們立刻想到妳，因為我們沒聽說其他在弓忒的女人。弓忒不大，但名氣極旺。我們之中有人說：『她會帶我們去找歐吉安。』但我們都知道，很久以前歐吉安已經拒任大法師，而他自然不會在又老又病時接受。事實上，我想在我們討論時，歐吉安已病入膏肓。又有一人說：『但她也會帶我們找到雀鷹！』我們自此真的陷入一片黑暗。」

「確是如此。」黎白南說道，「因為樹林開始下雨。」他微笑，「我以為自己再也聽不到雨聲，故當時真覺莫大喜悅。」

「我們九人淋濕了，」風鑰說道：「只有一人高興。」

恬娜笑了。她不禁對那人產生好感。如果他對她如此慎戒，她理當還以慎戒，但對黎白南、在黎白南面前，唯有坦率以對。

「『弓忒島上的女人』不可能是我，因為我不會帶你們找到雀鷹。」

「我個人認為，」法師顯然坦率相告，或許發自真心，「不可能是妳，女士。首先，他身處幻象，一定會說出妳的真名。很少人會以真名示人！但柔克諮議會派遣我來詢問妳，妳是否知道這島上可會有任何女人是我們尋找的人？可能是力之子的姊妹或母親，或甚至是他的師傅，因為有些女巫在某些方面的確非常睿智。或許歐吉安認識這樣一位女士？據說雖然他獨自居住，經常在荒野漫遊，但他認識這島上每個人。真希望他現在依然在世，可以幫助我們！」

她已經想到歐吉安故事中的漁婦。但多年前歐吉安認識她時，那婦人已經很老了，現在一定已經去世。不過，她想，據說龍可以活很久。

她有一會兒什麼都沒說，然後只說：「我完全不認識這樣的人。」

她可以感覺那法師正抑制對她的不耐。她為什麼不願說？她想要什麼？毫無疑問，他正如此心想。而她也想，為什麼她無法對他說出？他的獨斷使她沉默，她甚至無法告訴他，他聽不進別人的意見。

「所以，」她終於說道：「地海沒有大法師。但有王。」

「而他實現了我們的希望與信賴。」法師以很符合身分的熱誠說道。黎白南看著、聽著，笑了。

「過去數年來，」恬娜說道，有點遲疑，「發生許多困境、許多慘況。我……

那小女孩……這樣的事變得太平常。而我曾聽力之子女談到他們力量的消弱，或是改變。」

「大法師大人在旱域擊敗的那位喀布，造成前所未有的傷害與毀壞。我們必須花很長一段時間才能修復技藝，醫治巫師及巫術。」法師斬釘截鐵說道。

「我想，或許除了修復醫治之外，還有更多工作，」她說道：「當然這些都有必要，只是我想，有沒有可能……像喀布這樣的人會有如此力量，是因為世事本已改變……？意即某種轉變，巨變，不斷發生、已經發生？而正是因為這種改變，使地海再度有了王。或許因此有王，而非大法師？」

風鑰師傅看著她，彷彿在最彼端天際看到非常遙遠的暴風雨雲層。他甚至抬起手，隱隱比出東風咒的第一劃，接著再度放下手，微笑。「不用害怕，女士，」他說道，「柔克與魔法技藝會永久持續。我們的珍寶被守護得滴水不漏！」

「這話該對凱拉辛說去。」她說道，突然再難以忍受他完全不自覺的輕蔑。這句話令他驚愕。他聽到龍的名字，但這也沒讓他聽進她的話。自從母親唱了最後一首搖籃曲後，就再也沒聆聽過女人說話的他，怎麼可能聽進她的話呢？

「的確，」黎白南說道，「凱拉辛來到柔克——一個據說龍完全無法進入的地方，但並非透過我尊主的任何咒語，他當時沒有法術……但風鑰師傅，我認為恬娜女士並非擔憂自身安危。」

法師很認真努力想彌補他的冒犯。「女士，」他說道：「我真失禮，竟以對平凡婦人的方式待妳。」

她幾乎笑出聲，她恨不得搖醒他，卻只輕描淡寫，「我的恐懼只是小人物的恐懼。」沒有用，他聽不到她。

但少王沉默，正在聆聽。

攀爬在船桅、船帆與索具在頂上組成的暈眩搖曳世界中，水手少年以清澈甜美的聲音大喊：「岬角彎後有城鎮！」很快的，甲板上的人看到群聚的磚瓦屋頂、盤旋而上的藍色煙霧、幾扇映照西落夕陽的玻璃窗，還有端坐絹緞般藍色海灣上的谷河口港口與碼頭。

「該由我來駛入，還是由您來，大人？」冷靜的船長問道，而風鑰師傅回答：「船長，由您帶入港吧。我不想面對那些小碎塊！」他揮揮手，指向幾十艘散亂海灣裡的小漁船。因此，王船宛如小鴨間的天鵝，慢慢逆風而行，接受所有經過船隻的歡呼。

恬娜搜尋碼頭，看不到其他航海船隻。

「我有個兒子是水手。」她對黎白南說道：「我以為他的船可能入港。」

「他在哪艘船？」

「他是『艾司凱海鷗』的三副，但那是兩年多前的事了，他可能已換艘船待。他閒不住。」她微笑，「我第一眼看到你時，還以為你是我兒。你們並不相像，只是兩人都很高、很瘦、很年輕。而我那時很混亂、害怕……小人物的恐懼。」

法師已經登上船長在船首的位置，因此只有她與黎白南兩人。

「小人物的恐懼已經太多了。」他說。

這是她唯一單獨跟他說話的機會，她的言詞急速而不明確地奔洩而出：「我想說——雖然說了或許也無濟於事：可不可能在弓忒有個女人——我不知道是誰，我想不出——但會不會，或以後將有、可能有某個女人，而人們會尋找……人們會需要她？難道不可能嗎？」

他傾聽。他並非充耳不聞，但蹙起眉頭顯得十分專注，彷彿試圖理解某種外語。然後，僅低聲說道：「有可能。」

一名小舢舨上的魚婦吼道：「打哪兒來？」攀在索具間的少年水手像高啼公雞般回喊：「王城來的！」

「這艘船叫什麼？」恬娜問道：「我兒會問我搭乘哪艘船。」

「『海豚』，」黎白南回答，對她微笑。吾兒，吾王，我親愛的孩子，她想，我多想留你在我身邊！

「我得接孩子上來。」她說。

「妳要怎麼回家？」

「步行，這裡離谷內只有幾哩遠。」她指向城鎮面陸的一端，中谷寬廣燦爛地徜徉兩列山臂間，像個胸懷。「村子在河上，我的農莊則離村子半哩遠。這是你王國中漂亮的一隅。」

「但妳會安全嗎？」

「當然會。我今晚會與住在谷河口的女兒過夜，村人也很可靠。我不會落單。」

兩人視線交接了一會兒，但沒人說出同時心想的名字。

「他們會再從柔克來嗎？」她問道：「來找『弓忒島上的女人』，還是找他？」

「不會來找他。如果他們再次提議，我會禁止。」黎白南說道，沒發覺他在這區區數言中告訴她多少事。「但至於他們要尋找新大法師，或形意師傅在幻象中所見的女人，沒錯，他們可能因此而來。或許會來找妳。」

「我歡迎他們來橡木農莊，」她說：「不過更歡迎你來。」

「我能去時便去。」他略顯嚴肅地說道，接著變得落落寡歡：「如果我能。」

【第十一章】

家
Home

一聽說新王在船上，是新歌謠傳誦的那位王，谷河口大多數居民都來到港邊，爭相目睹黑弗諾船艦。他們還沒聽過新歌謠，但都聽過舊歌謠，所以老雷利也帶著豎琴來，唱出片斷《莫瑞德行誼》，因為地海之王必定是莫瑞德傳人。不一會兒，王本人走上甲板，年輕、高大又英俊。在他身旁是名柔克法師，還有一名婦人與小孩，身上披風如乞丐般襤褸，但王卻像對待女王及公主般殷勤——所以她們可能真的是。「或許是他母后。」新妮說道，試圖望過前排男人頭頂好看個真切。突然，她朋友艾蘋緊抓住她的手，悄聲尖叫：「是……是媽媽！」

「誰的媽媽？」新妮問，艾蘋說：「我媽媽。旁邊那是瑟魯。」但她沒往人群前面擠去，即使一名海官上岸邀請老雷利上船為王演奏，她仍然與別人一起等待。她看到王接見谷河口的地方士紳，聽到雷利為王演唱；她看著王與客人道別——有人說，因為船艦日落前要出到外海，返航回黑弗諾。最後走過橋板的是瑟魯與恬娜，王以正式擁別相送，臉頰貼臉頰，還跪下擁抱瑟魯。「啊！」碼頭上的人群歎道。兩人扶著橋板欄杆下船，太陽正落入一片金色迷霧，在海灣上灑下黃金大道。恬娜拖著一件沉重背包與提袋，瑟魯臉龐低垂，頭髮遮覆。橋板拉起，水手紛紛拉起索具，在海官下令聲中，船艦「海豚」號轉彎回航。此時艾蘋終於穿越人群。

「嗨，媽媽！」她說，恬娜回道：「嗨，女兒。」兩人互吻，艾蘋抱起瑟魯，說：「妳長好高了！比以前高兩倍哪！來吧，跟我回家去。」

當晚，在她年輕商人丈夫的舒適屋裡，艾蘋面對母親卻有點羞怯。她幾次用帶著沉思、甚至警戒的表情凝望母親。「媽媽，妳知道的，對我來說，那些事一直沒什麼意義，」她在恬娜臥室門口說：「那些關於和平符文……還有妳把環帶到黑弗諾的事。那些都只像歌謠，像一千年前發生的事！但那真的是妳，對不對？」

「是那個自峨團來的女孩，」恬娜說：「都是一千年前的事。我想我現在真可以睡上一千年。」

「那就上床去吧。」艾蘋轉身離去，然後提舉油燈回身。「親國王喔。」她說。

「妳快給我睡覺去吧。」恬娜說。

艾蘋和丈夫留恬娜住了兩天，但她執意回農莊，因此艾蘋、她和瑟魯一起沿平緩銀亮的卡赫達河同行。季候慢慢轉秋，陽光依然炎熱，但風已有涼意，樹木枝葉帶著疲累、灰濛濛的面貌，田野已收成或正收割。

艾蘋談到瑟魯強壯不少，步伐也穩健很多。

「真希望妳能看到她在銳亞白的樣子，」恬娜說，「在他……」她住口不言。她已決定不讓女兒擔憂這些事。

「發生什麼事？」艾蘋問，堅定表明想知道，恬娜只好屈服，低聲回答：「那些人之一。」

瑟魯走在幾呎遠前方，長腿露在過短裙襬外，邊走邊在路旁灌木叢裡找尋黑莓。

「她爸爸？」艾蘋問，光想就覺得一陣噁心。

「雲雀說，她爸爸好像是自稱黑克的人。這人比較年輕，是他去找雲雀，叫做悍提。他那時在銳亞白附近閒晃，我們在弓忒港碰上他純粹是霉運，但王把他趕走了。反正我人在這兒、他在那兒，一切都解決了。」

「但瑟魯嚇到了。」艾蘋略顯嚴厲地說。

恬娜點點頭。

「妳為什麼去弓忒港？」

「嗯，這個悍提是為某人工作……為銳亞白領主的巫師工作，他討厭我……」她試圖想起那巫師的通名，卻記不起，唯一能想到的是「土阿禾」，一個卡耳格詞，意指某種樹，但她想不起是哪一種。

「所以呢？」

「嗯，所以，回家似乎比較好。」

「那巫師為什麼討厭妳？」

「主要因為我是女人。」

「啐，」艾蘋說：「臭老頭。」

「這個是臭小子。」

「那就更糟。嗯，這附近我認識的人都沒見過她父母——如果他們還配得上這稱呼。但他們若留在這附近，我可不喜歡妳獨自待在農莊。」

被女兒像媽媽般叮嚀，還像小孩般對自己女兒撒嬌，感覺不賴。恬娜急躁說道：「我沒事的！」

「妳至少該養隻狗。」

「我想過了。村裡可能有人有小狗。等會經過時，可以順道問問雲雀。」

「媽媽，不是小狗，是狗。」

「但年紀要小點，才可以跟瑟魯玩。」她要求道。

「一隻會去親小偷的乖小狗。」豐滿、灰眸的艾蘋邊走邊說，調侃自己的母親。

三人中午時分來到村莊。雲雀以一連串擁抱、親吻、問題、食物歡迎恬娜跟瑟魯。雲雀寡言的丈夫和其餘村民都順道過來向恬娜打招呼，她感到回家的喜悅。

雲雀和她七個孩子中最年幼的一男一女，陪著她們一起到農場。自從雲雀首次帶瑟魯回家，孩子就已認識她，也習慣她的樣子，不過，分離兩個月還是讓他們起初有點害羞。在他們面前，甚至在雲雀面前，瑟魯依然內向孤僻，被動，如同那段糟糕的過去。

「她累壞了，也因為不停奔波弄得暈頭轉向。她會沒事的，她已經進步很多。」恬娜對雲雀說，但艾蘋不讓她如此輕描淡寫迴避話題。「他們其中一人出現，嚇壞了她跟媽媽。」艾蘋說。於是那天下午，在女兒跟朋友輪流勸說下，恬娜一點一滴和盤托出，三人還一面打開冰冷、沉悶、灰塵遍布的房子，整理四周、撢淨床單，對發芽的洋蔥搖頭歎息，在櫥櫃裡放點食物，然後燒上一大鍋湯做晚餐。她們聽到的，是一字一句拼湊而成的故事。恬娜似乎無法告訴她們巫師做了什麼，她粗略說是個咒語，也許是他派悍提來追她們。但她一講到王，言詞傾洩而出。

「然後他出現了……王來了！像把利劍似……悍提瑟縮乞憐地躲開他。我那時居然還以為他是星火！我真的、真的有一瞬間這樣想，我那時……那時真的驚慌失措……」

「這倒好，」艾蘋說道：「因為我們站在碼頭上時，看到妳風光抵達港口，新妮還以為妳是王的媽媽呢。雲雀阿姨，妳知道嗎，她就那麼親了他，親了王……我以為她接下來會親那法師，但她沒有。」

「我想也不會，這什麼念頭嘛，什麼法師？」雲雀頭探入櫥櫃，邊問，「葛哈，妳的麵粉桶在哪兒？」

「妳手摸到的就是。他是柔克法師，來找新任大法師。」

「來這裡？」

「有何不可？」艾蘋說：「上一個就是從弓忒去的，不是嗎？不過他們沒花多少時間就離開了。他們一趕走媽媽，就返回黑弗諾。」

「妳說這什麼話啊。」

「他說，他在找個女人。」恬娜告訴她們，「『弓忒島上的女人』，但他看來不大高興。」

「巫師尋找女人？這可真是頭一遭。」雲雀說：「我以為這會潮掉，卻一點兒沒事，我來烤幾個厚烙餅吧？油在哪裡？」

「我得從冷房裡的油瓶打一點出來。香迪，妳來啦！妳好嗎？清溪還好嗎？一切都沒事吧？妳賣掉小公羊了嗎？」

九人一同坐下晚餐。在石板地廚房裡，夜晚柔黃燈火下，坐在農場長桌前，瑟魯開始微微抬起頭，對別的小孩說了幾次話，但她依然露出畏縮神色。隨著屋外天色漸暗，她側向外坐，讓看得見的眼睛守望窗外。

直到雲雀與孩子在黃昏中離去，艾蘋唱歌哄瑟魯入睡，獨留恬娜與香迪一起清洗盤子時，她才開口詢問格得的情況。毫無緣由，她不願讓雲雀與艾蘋聽見，因為需要太多解釋。她完全忘了提及他在銳亞白的事，也不想再談論銳亞白。每次一想到那兒，她的思緒就開始鬱悶。

「上個月有沒有個人說是我叫他來的，來幫忙做事？」

「喔，我忘得一乾二淨了！」香迪驚呼，「妳是說鷹，那個臉上有疤的人？」

「是的，」恬娜說：「鷹。」

「喔，嗯，這個嘛，我想他現在應該在熱泉山上，比利蘇更高一點的地方，牧綿羊吧。他來過這裡，說妳叫他來，但這裡實在沒活兒讓他做，妳知道，有我跟清溪看顧這些綿羊，我還做乳品，必要時老提夫跟西絲也來幫忙，所以我絞盡腦汁。清溪就說：『去問賽瑞的人，農夫賽瑞是卡赫達嫩那邊的工頭，高山牧地可需要牧羊人哩。』那個鷹就照他說的去做，人家也聘了他，第二天就走了。『去問賽瑞的人，』清溪那時告訴他，他便照辦，一下就給雇用。我想他秋天時一定會帶著羊群下山來。現在他應該在高山牧地，在利蘇上面的長崗，我記得他們好像要他看山羊。他是個說話很客氣的人。我記不得是牧山羊還是綿羊。葛哈，我希望妳不介意我們沒把他留在這兒，因為真的沒活兒讓他做，這兒有我跟清溪還有老提夫，西絲又把亞麻都收割好了。而且他說，他從前在那邊山上就是牧羊人，說是在阿耳河河口上面，不過他說他沒牧過綿羊。也許他們讓他在上面看的是山羊。」

「也許吧。」恬娜說。她著實鬆了一口氣，也非常失望。她想知道他是否安好無恙，但也希望能在這裡找到他。

這就夠了，她告訴自己，只要回家就好了；也許他不在這兒反而好，一切都不在這兒，銳亞白一切哀傷、夢境、巫術，還有恐懼，都留在那裡，永遠。她現在到了這兒，回家了，這裡的石地板與牆壁、這些小扇窗戶，外頭有橡木漆黑佇立星光下，這些安靜、整潔的房間。那晚，恬娜睜眼躺在床上好一會兒。女兒與瑟魯一同睡在隔壁房間，孩子房裡，而她躺在自己床上，自己丈夫的床上，獨眠。

她睡去。她醒來，記不得任何夢境。

待在農莊幾天後，她極少想起在高陵度過的夏天。彷彿那是很久、很遠的事了。雖然香迪極力堅持農莊上一點活兒都沒剩，她還是找到許多該做的事：所有在夏天未完成的，還有收穫季時在農田及牛奶房裡該做完的事。她從破曉工作直到日落，如果剛好有一時半刻可坐下休息，她便開始紡織，或為瑟魯縫製新衣。紅洋裝終於完成，的確是件漂亮洋裝，特殊場合可以搭上白圍裙，平時則搭褐橘色圍裙。

「妳現在看起來可漂亮了！」瑟魯第一次試穿時，恬娜帶著裁縫師的驕傲說道。

瑟魯別開臉。

「妳很漂亮。」恬娜以完全不同的語氣說道：「瑟魯，妳聽我說，看我這裡。妳會有疤痕，醜陋的疤痕，是因為醜陋邪惡的事發生在妳身上。人們會看到疤痕，但他們也會看到妳，而妳不是這些疤痕。妳不醜，妳不邪惡。妳是瑟魯，也很美麗。妳是穿著紅洋裝，會做好工作、走路、奔跑、跳舞的瑟魯。」

孩子聆聽著，柔嫩完好的半邊臉跟僵硬、疤痕覆蓋的半邊臉，同樣毫無表情。她低頭看著恬娜的雙手，過一會兒，用自己的小手碰觸。「這件洋裝很美麗。」她以微弱沙啞的聲音說道。

恬娜獨自一人摺起紅色布料的碎布頭時，眼淚刺痛雙眸。她感覺遭叱責。做紅洋裝是正確的抉擇，對孩子說的一切亦是實話，然而，正確與真實仍舊不夠。在正確與真實之外，有道空隙、裂縫、鴻溝。雖然她對瑟魯與瑟魯對她的愛在空隙間搭起橋梁，一座以蛛絲編織而成的橋梁，愛卻無法填滿或密補這道空隙。這點任憑什麼都無法辦到，孩子比她更明白這點。

秋分那天，明亮的秋日燃透迷霧，橡樹葉含蘊初生的金銅色。恬娜敞開牛奶房的窗戶與門讓甜美空氣進入，一面刷洗奶酪鍋，一面想到：少王今天正在黑弗諾接受加冕；王公貴族與仕女會穿藍、綠或紅色華服，但王會身著白衣；他會登上往劍塔的階梯，那段她與格得同樣爬過的階梯，他將戴上莫瑞德之冠；在小號聲中，他轉身，坐在虛位多年的王座上，以明瞭痛苦與恐懼的黑亮眼睛，看著他的王國。「願你長治久安，」她想，「可憐的孩子！」她接著又想，「應該由格得為他加冕，他該去的。」

但格得此刻正在高山牧地放牧富人的綿羊，也許是山羊。這是個美麗、乾燥、金黃的秋日，要等初雪落在山峰上，他們才會將羊群趕下山。

恬娜進村，刻意走向亞薇在磨坊巷尾端的莊舍。在銳亞白認識蘑絲，讓她想與亞薇深交，但她必須先克服女巫的懷疑與忌妒。雖然這裡有雲雀，但她仍然想念蘑絲，她從蘑絲那兒學到不少，也愛她，而且蘑絲給了她跟瑟魯都需要的東西。她希望在這裡找到同類援助。亞薇雖然比蘑絲乾淨、可靠得多，卻完全不打算放棄對恬娜的厭惡，她以鄙視回應恬娜伸出的友誼之手，恬娜承認這或許是自己應得。女巫只差沒明說「妳走妳的陽關道，我過我的獨木橋」，恬娜也依從她的意思，但依然在兩人相會時特別明顯以禮相待。她想，長久以來她總是輕視亞薇，因而需要特為彌補。女巫顯然同意這點，因此以堅決的憤怒接受自認應得的對待。

仲秋時分，術士畢椈應一名富農要求，來到谷裡為他醫治痛風。畢椈像往常一樣在中谷村留滯一段時日，並在某天下午到橡木農莊，檢視瑟魯的健康、與恬娜談話。他想聽她談歐吉安臨終時的景況——他曾是歐吉安一位學生的學生，同時也是弓忒最忠誠的法師仰慕者之一。恬娜發現，談論歐吉安比談論其餘銳亞白人更為輕鬆，因此知無不言。她說完，他略微小心翼翼地問：「那大法師……他到了嗎？」

「是的。」恬娜說道。

畢椈皮膚光滑、神情和善，四十出頭，有點發福，雙眼下方的半黑眼圈遮礙平凡無奇的面孔，他向她瞥一眼，一語不發。

「他在歐吉安過世之後才到，然後離開。」她說，一會兒後繼續，「他現在不是大法師了。你知道嗎？」

畢椈點點頭。

「有關於選新任大法師的消息嗎？」

術士搖搖頭。「不久前從英拉德群島來了艘船，但除了加冕典禮外，船員並未帶來任何訊息。他們對這件事倒是滔滔不絕！聽起來，所有徵兆跟事件都非常幸運。如果法師的善意是種財富，那我們年輕的王可真是個富有的人，看起來也將頗有作為……我離開谷河口前不久，才從弓忒港傳來內地一道命令，要求貴族、商人、市長和議會開議，檢視該區巡警是否都正直守法，因為他們現在是王的屬下，必須實行他的意志、執行他的法律。妳可以想像漢諾大人會如何反應了！」漢諾是出名地支持海盜，長久以來與南弖忒巡警及海上巡警相互勾結。「但在王的支持下，現在有人願意反抗漢諾。他們當場遣散一批舊時巡警，選出十五個人品出眾的新巡警，由市長支付薪水。漢諾口出惡言，放話要摧毀一切後離場。新時代來臨了！雖然並非一蹴可幾，但已指日可待。真希望歐吉安大爺依然在世，能親眼見證。」

「他看到了。」恬娜說：「他臨終時微笑，然後說：『一切都變了……』」

畢椈以一貫的沉穩聆聽，緩緩點頭。「一切都變了。」他重複。

一陣沉默後，他開口：「孩子的情況不錯。」

「還可以……但有時我覺得還不夠。」

「葛哈太太，」術士說：「即使我、別的術士或女巫，甚至是巫師收養她，並在她受傷後這幾個月裡傾注所有魔法技藝的醫療力量在她身上，情況也不會比現在更好。更可能不如現在。妳已經**盡人事**，妳創造了奇蹟。」

他誠摯的讚美感動了她，卻也令她哀傷。她對他訴說原因，「這都不夠，我無法治癒她。她能……她能怎麼辦？她未來會如何？」她抽走纏繞在紡錘上的線，說道：「我很擔心。」

「為了她？」畢椈半詢問道。

「我擔心，因為她的恐懼會招致她恐懼的根源。擔心因為……」

她不知該如何形容。

「如果她活在恐懼中，就會造成傷害，」她終於說道：「我擔心的是這點。」

術士沉思了一會兒。「我想過，」他終於羞怯地說：「如果，她有天分——我想她有，她或許可以接受一點魔法技藝訓練。身為女巫，她的……外貌就不會對她如此不利，或許吧。」他清了清喉嚨，「有些女巫頗有作為。」他說。

恬娜將一小段剛紡好的毛線放在指尖摩蹭，測試粗細及韌度。「歐吉安告訴我要教導她。『教導她一切』，他當時這麼說，然後又說：『別去柔克』。我不懂他的意思。」

畢椈認為不難理解。「他的意思是，柔克的學問——那些高深技藝——不適合女孩子，」他解釋，「更別提她有如此殘疾。但如果他說將所有智識都授與她，他可能也認為，她的未來正是女巫一途。」他再次沉思，因歐吉安甚有分量的意見與自己一致，感覺較為振奮。「一兩年後，等她更健壯、長大一點時，妳可能該考慮看看，要求亞薇開始教導她一些事。當然，即使是這類事，在她得到真名前也不能太過。」

恬娜立刻對這建議感到強烈拒意。她一語未發，但畢柎感覺細膩。「亞薇的確脾氣陰鬱，」他說：「但她的知識都是真實的。並非女巫皆如此，妳知道，『無能得好像女人家的魔法，惡毒到有如女人家的魔法』！我認識某些有真正治癒能力的女巫。治癒術適合女人，是女人與生俱來的能力。那孩子可能會有此傾向，因為她本身受過如此傷害。」

他的善意，恬娜想，是無辜的。

她謝謝他，說她會仔細思考他說的。而她的確思考了。

月底前，中谷所有村民就在蘇代瓦的圓穀倉聚會，指派各村保安巡警與警官，同時設立稅金以給付巡警薪水，這是王令，經由市長及村里父老傳達。眾人連忙奉行，因為路上依然充滿頑強乞丐與盜賊，而村民及農人均十分期盼秩序與安全。醜惡謠言散布，例如：漢諾大人組成惡棍議會，雇用附近所有地痞流氓，結黨攻擊王轄下巡警。但大多數人回應：「他們有膽就試試看！」然後回家，相互慶賀善良老百姓終於可以高枕無憂、王會導正所有惡行——不過，賦稅實在不合理，光繳稅就能讓他們窮苦一輩子。

恬娜很高興從雲雀口中聽到這些消息，但沒過於留心。她非常勤勉工作，而自她到家後，便幾乎不自覺地堅持不讓悍提或其餘混混的問題主導她或瑟魯的生活。隨時把孩子綁在身邊只會重新喚起恐懼，或不斷提醒那些只要想起就令孩子無法正常生活的事物。孩子必須自由，也必須明白自己是自由的，並悠然成長。

瑟魯逐漸放棄畏縮恐懼的態度，而能獨自在農莊上、在附近道路間四處走動，甚至獨自進村。即便有時得極力吞下告誡，恬娜也未告誡瑟魯任何事。瑟魯在農莊上很安全，在村子裡很安全，沒人會傷害她——這點必須是不可質疑的事實。恬娜的確也難得質疑這點，有她、香迪跟清溪隨時在附近；西絲跟提夫住在坡下房舍；還有雲雀的家人遍布全村——在中谷如此甜美的秋季，有什麼能傷害那孩子？

如果有她想要的狗，她就會養一隻。要那種壯碩的灰色弓忒牧羊犬，聰明、一頭捲毛。

偶爾她會像在銳亞白時想到：我該教導這孩子！歐吉安這麼說。但瑟魯除了農事和晚間故事，什麼都學不來——隨著夜晚提前到來，兩人開始習慣在餐後睡前坐在廚房爐火邊說故事。或許畢椈說得對，瑟魯該向女巫學習女巫知曉的事物，比起恬娜原先所想，讓她與織工學藝，這是更好的選擇。但沒有好多少。她仍然頗為瘦小，且因為來橡木農莊前，她未曾學習任何事物，因此也非常無知。她曾經像隻小動物，幾乎不通曉人言、毫無人類技能，但她學得很快，比雲雀難馴的女兒或愛笑懶散的兒子加倍乖巧勤奮。她會灑掃、端茶倒水、紡線、一點廚藝、一點縫紉、照顧家禽、牽牛，尤其精於牛奶房的工作。老提夫有點奉承地說，她是真正的農場女，但恬娜也看過他在瑟魯走過身旁時偷偷比出避邪手勢。與大多數人一般，提夫相信人等同自己的遭遇：強者富人必定擁有美德；經歷邪惡遭遇的人必也具有惡性，理應受罰。

也因此，就算瑟魯成為全弓忒最標準的農場女，情況也不會有多大改變。就連財富都無法消滅過去留下的烙痕，因此畢椈想到讓她成為女巫，接受、利用那烙痕。歐吉安說「別去柔克」，說「他們會害怕她」時，這就是他的意思嗎？難道僅是如此？

有天，刻意安排的巧合讓恬娜與亞薇在村裡街上相逢。她對亞薇說：「亞薇太太，我有問題想請教妳。與妳的職業有關。」

女巫看了看她，眼光尖銳刻薄。

「我的職業，是吧？」

恬娜穩穩點了頭。

「那跟我來吧。」亞薇聳肩說道，領她走過磨坊巷，到自己的小屋。

這裡不像蘑絲那聲名狼藉、家禽四處的巢穴，卻也是間女巫房舍：屋梁滿掛已乾燥或待乾燥的草藥；爐火堆埋在灰燼裡，只剩一小塊煤炭有如紅眼般眨巴；一隻窈窕豐潤、嘴長白鬚的黑貓在架上安睡；四周散置小盒子、盆子、水罐、托盤，及有瓶塞的小瓶，充滿芳香、惡臭、甜美或奇特氣味。

「我能為妳做什麼，葛哈太太？」兩人進屋後，亞薇極度冷淡地問。

「請妳告訴我，妳認為我的養女瑟魯是否有任何在妳技藝方面的天分？她是否有力量？」

「她？當然有！」女巫說道。

這立即、鄙夷的回答讓恬娜一時啞口無言。「這……」她說道：「畢栴好像這麼想。」

「連洞穴裡的瞎眼蝙蝠都看得出來。」亞薇說：「就這樣？」

「不。我想要妳的建議。我先問問題，妳再告訴我回答的代價。公平嗎？」

「公平。」

「我應不應該在瑟魯長大一點時，讓她跟女巫學藝？」

亞薇沉默一會兒。她正考慮價碼，恬娜想。但她回答：「我不會收她。」

「為什麼？」

「我會怕。」女巫答，突然狠狠盯了恬娜一眼。

「怕？怕什麼？」

「怕她！她到底是什麼？」

「一個孩子，一個遭受惡行傷害的孩子！」

「她不僅是如此。」

深沉怒氣進入恬娜體內，她道：「所以女巫學徒必須是處女，是嗎？」

亞薇凝視她，一會兒後說：「我不是這個意思。」

「那妳是什麼意思？」

「我是說，我不知道她是什麼，意思是，她用一隻可見、一隻失明的眼睛看我時，我不知道她看見什麼。我看著妳像帶普通小孩一樣帶她，心想：『她們是什麼樣的人？她不愚蠢，但哪個女人有力量，能以手握火、以龍捲風紡線？』太太，有人說妳還是小孩時，與太古者——暗者、地底者——同住，妳是那些力量的女王與僕人，或許因此妳不怕她。她是什麼力量，我不知道、我不能說，但這超越我或畢椈的能力所及，甚至超過任何我所知曉的女巫或巫師！太太，讓我給妳免費的建議：小心。小心她，小心她發現自身力量的那天。如此而已。」

「我感謝妳，亞薇太太。」恬娜以峨團護陵女祭司的冰冷禮儀說道，離開溫暖房間，走入秋末稀薄刺骨的寒風。

她依然憤怒。沒人願意幫她，她想。她知道這件工作超過她的能力，他們毋須告訴她這點——但沒人願意幫她。歐吉安過世、老蘑絲胡言亂語、亞薇警告連連、畢椈置身事外，而格得，唯一可能真正幫她的人，逃走了，像喪家之犬般逃跑，沒捎給她隻字片語，完全沒考慮到她或瑟魯，只有他自己寶貴的恥辱，那是他的孩子、他嗷嗷待哺的嬰孩、他在意的一切。他從未關心或考慮到她，只關心力量：她的力量、他的力量、他能如何運用、他能如何從它創造更多力量——癒合斷裂的環、創造符文、讓王登基。而他的力量消失後，他還是只能想這件事：它不見了，消失了，只留下自己給自己，他的恥辱，他的空虛。

妳不公平，葛哈對恬娜說道。

公平！恬娜說，他有公平相待嗎？

有的，葛哈說道，他有。或者試過。

那好，他可以跟他趕的山羊公平相待，跟我完全無關，恬娜說，在寒風及第一波稀疏冰冷的雨滴裡，蹣跚拖步返家。

「今晚也許會下雪。」她的佃戶提夫說道，兩人在卡赫達河邊草地旁的路上相遇。

「這麼早就下雪？希望不要。」

「至少絕對會下霜。」

太陽下山後，一切都凍結了：水窪跟水槽表面浮現一層薄膜，而後凍成厚厚一層白冰；卡赫達河邊的蘆葦靜止，鎖閉在冰塊中；連風都止息，彷彿亦被凍結，無法吹動。

清理晚餐殘餚後，恬娜和瑟魯坐在比亞薇家更香甜的爐火邊，紡線、談話，柴火是去年春天果園砍下的老蘋果樹。

「說貓鬼的故事。」瑟魯以沙啞聲音說，一面轉動紡輪，將一堆烏黑如絲的山羊毛織成細毛線。

「那是夏天的故事。」

瑟魯歪著頭看她。

「冬天是說長篇故事的時節。冬天時，妳得學會《伊亞創世歌》，好在夏天的長舞節歌唱；或學會『冬頌』與《少王行誼》，然後等太陽北歸、帶回春天的日迴祭時，妳就可以唱了。」

「我不會唱歌。」女孩悄聲道。

恬娜正取下捲線桿上的毛線，繞成一團球，雙手動作靈巧，富有韻律。

「不僅用聲音唱，」她說：「腦子也要唱。如果腦袋裡不通曉這些歌謠，就算有世上最美的歌聲也沒用。」她解下最後一段，也是最初完成的毛線。「妳有力量，瑟魯，但無知的力量充滿危險。」

「像不願學習的牠們，」瑟魯說：「那些野蠻的。」恬娜不了解她的意思，疑問地看著她。「留在西方的那些，」瑟魯說。

「啊……楷魅之婦的歌謠……那些龍。沒錯，就是如此。那麼，我們該從哪首開始？從島嶼如何從海中升起，還是莫瑞德王如何驅逐黑船？」

「島嶼。」瑟魯悄聲道。恬娜原本期盼她會選擇《少王行誼》，因她將黎白南的面容與莫瑞德重疊，但孩子的選擇是正確的。「好。」她抬頭偷瞥置於壁爐上歐吉安碩偉的智典，激勵自己，如果忘記片段，可以從中尋找。她深吸一口氣，開始訴說。

等瑟魯該就寢時，她已經知道兮果乙如何從時間深淵抬起最初的島嶼。恬娜為她塞好被褥後，坐在床沿，這晚沒有為她唱歌，而是兩人一同輕聲背誦創世歌的第一詩節。

恬娜將小油燈提回廚房，凝神傾聽絕對的沉靜。冰霜束縛整個世界，將它鎖閉。星辰皆無，黑暗壓迫廚房內唯一的窗戶。冰冷鋪在石板地上。

她回到火邊，毫無睡意。歌謠偉美的字詞激動她的心靈，而與亞薇談話後引發的怒氣及不安依然殘留體內。她拾起火鉗，從壁爐內墊底的大木柴喚醒一小簇火焰。她觸撞到木柴時，房屋後端同時傳來一陣回音。

她直起身，專注聆聽。

又一次：輕微、沉悶的敲擊或落擊聲……在屋外……牛奶房窗戶那兒？

恬娜火鉗在手，走過黑暗走廊，通往開向後方涼室的房門。涼室之後就是牛奶房——房屋本體倚山而建，這兩個房間則像地窖般嵌入山體，但與房屋其餘部分同高。涼室只有通風口，牛奶房則有扇門，還有扇窗，像廚房窗戶般低矮、寬廣，安在唯一的外牆上。她站在涼室裡，可以聽到那扇窗正被抬起、撬開，還有男人低語。

火石是按部就班的主人。整間房子，除了一扇門兩側沒各安上一條滑動長鑄鐵作為門閂外，其餘每道門閂都保持清潔、上油，卻也從未上過鎖。

她拴上涼室門閂，鐵條一聲不響滑動，穩穩嵌入門框上沉重鐵閂槽。

她聽見牛奶房外門打開。有人終於在打破窗戶前想到先試試門，發現並未上鎖。她又聽到喃喃聲響，然後一片死寂，漫長得讓她只聽見自己鼓動的心跳，大聲到讓她害怕會掩蓋所有聲響。她感到雙腿一再顫抖，地板的冰冷像隻手般從裙底攀上。

「是開的。」男人聲在她附近低語，讓她的心臟痛苦狂跳。她將手放在門閂上，以為是開著——以為她原來是打開而非鎖上——正要拉回門閂時，聽到涼室與牛奶房之間的門吱嘎一聲開了。她認得上鉸鏈的輾軋聲，也認得說話聲，但緣由天差地別。「是儲藏室。」悍提說。她倚靠的門扇喀喀作響，撞擊門閂。「這扇門鎖著。」門又喀喀作響。細銳的一道光像刀鋒般自門扇及門框間閃射而入，觸及她胸口，令她向後一縮，宛如被割傷。

門再次喀喀作響，但不太劇烈。這扇門裝設得十分堅固，門閂也牢不可動。

他們聚集在門的另一邊低聲討論。她知道他們打算繞到前方，試圖開啟前門。她發現自己已身在前門，上閂，完全不知道自己如何抵達此處。也許這是個噩夢，她做了一個夢，夢裡他們想侵入屋內，以細薄的刀子刺入門縫中。門……還有什麼他們能進入的門？窗……臥室窗戶的窗板……她的呼吸如此短促，還以為自己走不到瑟魯房間，但她到了，將沉重木遮板橫在玻璃前。鉸鏈僵澀，木板砰地一聲闔起。他們知道了。他們正往這兒來。他們會到隔壁房間的窗前，她的房間。他們會在她還未關上窗板前就到來。他們到了。

她看到臉，一團團模糊在外面黑暗中移動，她試圖鬆開左邊窗板的搭扣，卡住了，她無法移動分毫。一隻手砰地摸上窗戶，緊貼成死白一片。

「她在那兒。」

「讓我們進去。我們不會傷害妳。」

「我們只想跟妳說說話。」

「他只想見見他的小女兒。」

她鬆開窗板，強拖著關上窗戶。但如果他們打碎玻璃，就能從屋外推開窗板。扣環只是一個鎖在木頭裡的勾子，用力一推便能扯落。

「讓我們進去，我們就不會傷害妳。」其中一個聲音說道。

她聽到他們的腳步聲踏在冰凍地上，踩得落葉沙沙作響。瑟魯醒了嗎？窗板關上的巨響可能吵醒她，但她沒發出半點聲音。恬娜站在她與瑟魯房間之間的門口。一片漆黑，無聲無息。她不敢碰觸孩子喚醒她。她必須與孩子留在同一個房間。她必須為她而戰。她手中本來拿把火鉗，放哪兒去了？之前她放下它，好關上窗板。她找不到。她在無邊的漆黑房間中，茫然摸索。

通往廚房的正門喀喀作響，撞擊門框。

如果她找得到火鉗，她就會留在這裡與他們對抗。

「這裡！」其中一人喊道，而她知道他們發現了什麼。他正抬頭看廚房窗戶，夠寬、沒有窗板遮擋，伸手可及。

她摸黑走，行動非常遲緩，走到房門前。瑟魯的房間曾是她孩子的房間，育兒室，因此房間內側沒有門鎖，讓小孩無法將自己反鎖，也不會因門閂卡住受驚。

山後，穿過果園，清溪及香迪熟睡在村屋裡。如果她大喊，也許香迪會聽到。如果她打開臥室窗戶大喊……如果她叫醒瑟魯，兩人爬出窗外，跑過果園……但那些人正在那裡，就在那裡，等著。

她終於無法忍受。束縛著她的冰寒恐懼立時粉碎，憑著一股怒氣，她紅著眼衝入廚房，從砧木上抓起長而鋒利的屠刀，扯開門閂，立定門口。「你們來啊！」她說道。

她剛開口，便傳來一聲哀嚎與倒抽的喘息，有人大喊：「小心！」又有一人驚叫：「這裡！這裡！」

然後是一片寂靜。

從洞開門口射出光線，照映在水窪的黑色冰面，晶亮亮閃在橡樹黑枝與銀白落葉上，她恢復視力後，看到有東西從小徑向她爬來，深暗的一團或一堆東西向她爬來，發出尖銳、啜泣的哀鳴。在光線後，一個黑色形體奔跑縱躍，長刀鋒銀亮。

「恬娜！」

「站住。」她說道，舉起了長刀。

「恬娜！是我……鷹，雀鷹！」

「別動。」她說道。

縱躍身影立定在歪躺小徑上的黑色堆團旁。門口射出的光線微弱地映照出一個身體、一張臉，還有一把直立的長鐵草耙。像巫師的巫杖一樣，她想。「是你嗎？」她說道。

此刻他正跪在徑上黑色物體旁邊。

「我想我殺死他了。」他說。他越過肩頭回望，起身。沒有動靜，亦無聲響。

「他們在哪？」

「跑了。恬娜，幫個忙。」

她將刀子握於一手，另一手抓住蜷縮在門徑上的男人手臂。格得將他自腋下扶起，兩人將他拖上臺階，進屋。他躺在廚房石板地上，血從胸膛跟肚腹上的洞口像傾倒水壺般汩汩流出。他上唇後掀，露出牙齒，眼睛只剩眼白。

「鎖上門。」格得說，她鎖上了門。

「櫃子裡有布。」她說。他取出一條床單，撕裂成繃帶，讓她一圈圈綁在男人肚腹與胸膛上，草耙四根鐵叉全力戳出三個洞。格得撐起那男人上半身，好讓她纏繞繃帶時，血漿泉湧而出，四處噴灑滴落。

「你在這裡做什麼？你跟他們一起來的嗎？」

「對，但他們不知道。妳能做的大概也只有這些了，恬娜。」他任憑男人的身體滑落，往後仰坐，沉重呼吸，用沾滿鮮血的手背抹臉。「我想我殺死他了。」他重複道。

「也許吧。」恬娜看著鮮紅點緩慢擴散在男人瘦弱毛茸胸膛及肚腹纏繞的綳帶上。她站起身，暈眩搖晃。「快去爐火邊，」她說：「你一定快累垮了。」

她不知道自己如何在外面的黑暗中認出他。也許是他的聲音吧。他穿著一件厚重冬季牧羊人外套，用一片片羊毛皮縫製而成，皮外毛裡；戴一頂牧人毛織帽，壓得低低的；臉上刻畫線條與風霜，髮長而鐵灰；全身氣味像木煙、霜雪，混合綿羊味。他在顫抖，全身震動。「快去爐火邊，」她又說：「加點木柴。」

他照辦。恬娜裝滿水壺，勾住鐵手把，讓它一搖一晃垂掛在烈焰上。

她將布單一角浸泡在冷水中，擦拭襯衣上沾染的血跡。她將布塊交給格得，讓他抹去手上鮮血。「這是什麼意思？」她問：「你說跟他們一起來，他們卻不知道？」

「我下山，在從卡赫達泉來的路上。」他以平板語調說著，彷彿上氣不接下氣，顫抖混濁了語音。「聽到後面有人，我就靠邊。到樹林裡。不想說話。不知道。他們給人的感覺。我怕他們。」

她迫不及待點頭，隔著壁爐在他對面坐下，前傾專注聆聽，雙手緊握腿上。她潮濕的裙子靠著雙腿，一片冰冷。

「我聽到他們其中一人走過我身旁時提到『橡木農莊』。之後我尾隨他們，其中一人不斷說著，說那孩子。」

「他說什麼？」

他一語不發。良久後說道：「他要把她帶回去。處罰她，他說。然後向妳報復，因為妳偷走她，他說。他說……」他住口。

「他也要懲罰我。」

「他們都在說。關於……關於那件事。」

「那人不是悍提。」她朝地上男人頷首。「是不是……」

「他說她是他的。」格得也看向那男人，然後轉頭回望火焰。「他快死了。我們應該找人來幫忙。」

「他不會死的，」恬娜說：「我明天一大早就找亞薇過來。還有人在外面……還有幾個？」

「兩個。」

「如果他死了就死了，他活著就活著。我們都不能出門。」她自一陣恐懼的哆嗦中跳起。「格得，你把草耙拿進來了沒？」

他指著它，倚靠在門旁牆壁，四支鐵叉發出亮光。

她再次坐回壁爐邊，但現在輪到她像他方才一般震動，渾身發顫。他伸出手，碰觸她的手臂。「沒事了。」他說道。

「如果他們還在外面怎麼辦？」

「他們逃跑了。」

「他們可能再回來。」

「兩人對兩人嗎？而且我們還有草耙。」

她將聲音壓低到最微弱的悄語，充滿恐懼地說：「鉤刀跟鐮刀都放在旁邊的穀倉裡。」

他搖搖頭。「他們逃跑了。他們看到……他……還有妳站在門口。」

「你做了什麼？」

「他朝我衝來。我就朝他衝去。」

「我是說，之前，在路上。」

「他們愈走愈冷。開始下雨後，他們就更冷，然後開始討論來這裡。之前只有這人講著那小孩還有妳，說要教……教訓……」他的聲音乾啞了。「我口渴。」他說道。

「我也是。水還沒燒沸。繼續說。」

他深吸一口氣，試圖清晰敘述整件事。「另外兩人不太專心聽，大概以前就聽過了。他們急著趕路，趕到谷河口。好像在逃避某人的追趕，正在逃亡。但愈來愈冷，然後他不斷提到橡木農莊。戴帽子那人就說：『我們乾脆去那裡，然後過上一夜，跟……』」

「跟那個寡婦，我懂。」

格得將臉埋入手中。她等待。

他望著火焰，繼續沉穩說道：「我跟丟了他們一陣子。路到山谷間變得平坦，我不能像之前一樣在樹林中尾隨。我必須走到路邊，穿過田野，以免他們發現。我對這邊的鄉間不熟，只認得道路，我擔心如果穿越農田會迷路，錯過房子。天色愈來愈暗，我以為已經錯過房子，走過頭了。我回到路上，結果差點與他們打了照面——就在那邊的轉彎口。他們看到一個老頭走過，便決定等到天黑，確定不會再有人來。他們在穀倉中等著，我留在外面，跟他們只隔一堵牆。」

「你一定凍僵了。」她呆滯地說道。

「當時很冷。」他將手伸向爐火，彷彿當時情景又重新凍僵他。「我在棚舍門旁發現這柄草耙。他們出來後繞到房屋後頭。我當時有機會到正門口去警告妳，我該這麼做，但我那時只想出其不意攻擊他們……我以為這是我唯一的優勢、機會……我以為房門會鎖上，他們得破門而入。但後來我聽到他們從後面進屋。我跟隨他們進去，到牛奶房裡。他們來到鎖上的門前時，我才出來。」他發出笑聲般的聲音。「他們就在黑暗中從我身邊走過，我可以絆倒他們……其中一人有打火刀跟火石，他們想看鎖的時候，他就會點起一點火絨。他們繞到前門，我聽到妳關上窗板，知道妳聽到他們。他們討論是否要打碎看到妳的那扇窗，然後戴帽子的人看到窗戶……那扇窗……」他朝有著寬長窗台的廚房窗戶點點頭，「他說：『給我塊石頭，我來砸開。』他們走到他身邊，打算將他抬起到窗台。我大喊一聲，他立刻鬆手，其中一人，這人，就朝我跑來。」

「啊，啊。」躺在地上的男人喘息，彷彿正為格得的故事接述。格得起身，彎腰看他。

「我想他快死了。」

「不會，他不會死的。」恬娜說道。她無法完全抑止顫抖，但如今只餘體內一股微顫。水壺高唱。她泡了壺茶，雙手覆在厚重陶壺邊，等茶葉甦綻。她倒出兩杯，然後倒了第三杯，注入些冷水。「還太燙，」她告訴格得，「先拿著一會兒。我看看他喝不喝得下。」她坐在地板上，用一手扶起他的頭，將冷卻的茶放在他嘴前，把杯緣推進外露的牙齒間。溫熱液體流入他口中，他吞嚥了一口。「他不會死的，」她說道：「地板冷得像冰塊。幫我把他抬到靠壁爐的地方。」

格得正要從沿煙囪到大廳牆壁放置的長椅上拾起一條毛毯。「別用那條，那是件好料子，」恬娜說，然後走向櫥櫃，拿出一件破舊毛氈披風，鋪在地上，當作那男人的床舖。兩人將毫無動靜的身體拖上毛氈，摺起一角為他蓋上。繃帶上濕濡紅點不再擴散。

恬娜站起身，突然全身僵直。

「瑟魯。」她說道。

格得環顧四週，但孩子不在房內。恬娜匆匆走出房間。

孩子的房間，那孩子的房間，全然黑暗寂靜。她摸黑走到床邊，棉被覆蓋著瑟魯肩膀，她輕手碰觸那溫熱弧彎。

「瑟魯？」

孩子呼吸十分平靜，沒驚醒。恬娜可以感到她的體溫，在冰冷房間中像道燦爛光芒。

走出房間時，恬娜的手順扶著有抽屜的櫥櫃，碰到冰冷鐵器——是她關上窗板時放下的火鉗。她將它提回廚房，跨越男人身體，掛回煙囪上的勾子。她直立，低頭望著爐火。

「我什麼都做不到，」她說：「我當時該怎麼辦？立刻……跑出去……大叫，然後跑去找清溪和香迪。他們應該來不及傷害瑟魯。」

「那他們就會跟她在同一間房子裡，妳卻跟個老人、女人在外面。或者他們可能把她一把抱起，帶著她逃跑。妳盡力了。妳做對了，時機也抓得對。房子裡的光線、妳拿著刀出來、我在外面，他們那時候看到了草耙，還有他倒在地上，所以他們逃跑了。」

「能跑的都跑了。」恬娜說道。她轉身用鞋尖動了動男人的腿，彷彿他是件讓她有點好奇、有點厭惡的東西，如死掉的毒蛇。「你才做得對。」她說道。

「我想他根本沒看到。他正好衝過來，就像……」他沒說像什麼，只說：「把茶喝了。」從壁爐磚頭上暖著的茶壺裡為自己倒更多茶。「茶很好，坐下吧。」他說道，她依言照辦。

「我還是個男孩時，」他一會兒後說道：「卡耳格人襲擊我的村莊。他們手握長槍，那種長柄上綴有羽毛……」

她點點頭。「雙神戰士。」她說道。

「我施了個……造霧咒語，他們不知所措。但有一部分人還是衝來了。我看到其中一個正好跑向草耙，像他一樣。只不過那柄草耙穿透了他。從腰部以下。」

「你戳到肋骨。」恬娜說道。

他點點頭。

「這是你唯一犯下的錯誤。」她說。她牙關開始打顫，她喝口茶。「格得，如果他們回來怎麼辦？」

「不會的。」

「他們可能會縱火燒屋。」

「這間屋子？」他環視著四周石牆。

「稻草穀倉……」

「他們不會回來。」他堅持。

「不會。」

兩人小心翼翼捧著茶杯，溫暖雙手。

「她一直睡著。」

「這樣很好。」

「但早上……她會看到他……在這裡……」

兩人面面相覷。

「如果我當初殺了他……如果他死了，」格得憤怒說道：「我就可以把他拖出去埋了！」

「就這麼辦吧。」

他僅氣憤地搖搖頭。

「這有什麼關係？為什麼？為什麼我們做不到！」恬娜質問。

「我不知道。」

「一旦天亮……」

「我會把他移出屋子。用推車。老人可以幫我的忙。」

「他已抬不動重物了。我來幫你。」

「不管如何，我會把他載去村子裡。那邊有治療師一類的人嗎？」

「有個女巫，亞薇。」

她瞬間感到極度無邊疲累。連手中茶杯都幾乎難以握持。

「茶還有。」她口齒不清地說道。

他為自己又倒了滿滿一杯。

火光在她眼前躍舞。火焰游馳、飛騰、落陷，再次燃起，映照沾滿煤灰的石頭，映照黑暗天空，映照蒼茫天色、夜晚鴻溝、世界彼方的空氣與光芒。黃色、橘色、橘紅色、紅色的火焰，火焰的火舌、焰語，她無法訴說的字詞。

「恬娜。」

「我們叫那顆星『恬哈弩』。」

「恬娜，親愛的。來吧，跟我來。」

他們不在爐火邊，他們在幽暗裡——在幽暗的大廳、幽暗的地道。他們曾到那裡，相互引領，相互跟隨，在地底幽暗中。

「往這兒走。」她說道。

【第十二章】

冬
Winter

她逐漸甦醒，不願甦醒。窗板邊緣透出淺灰亮線。為什麼窗口擋起來？她連忙起身，穿過走廊，進廚房。沒人坐在火邊，沒人躺在地上。沒有任何人、任何事的跡象，除了桌櫃上一個茶壺，三只茶杯。

瑟魯在日出時起床，兩人像平日般用完早餐。女孩一面清理桌面，問道：「發生什麼事？」她從餐具室的浸泡缸裡拉起濕布一角，褐紅色暈染了缸裡的水。

「喔，我的月事提早來了。」恬娜一面說，一面對自己的謊言感到吃驚。

瑟魯僵立一會兒，鼻翼歙動，頭部凝止，像嗅到某種氣味的動物。她任床單落回水中，然後出門餵飼雞禽。

恬娜感到全身不適，骨頭疼痛。天氣依然冰冷，她盡可能留在室內。她試著要瑟魯一同待在屋內，但太陽隨著一陣強烈明亮的風探出頭時，瑟魯想出門嬉戲。

「跟香迪一起留在果園內。」恬娜說。

瑟魯溜出門外，一語不發。

她燒傷扭曲的側臉由於肌肉毀壞與粗厚疤痂而堅韌，但隨著疤痕日漸陳舊，加上恬娜也習慣正視，不因其畸形轉避目光，它遂漸漸有了表情。照恬娜的形容，瑟魯害怕時，燒傷而晦暗的半邊會「閉縮」起來，整個緊縮形成硬塊；她興奮或專注時，就連失明的眼窩都彷彿會凝視，疤痕泛紅，觸手生熱。現在她走出屋外，帶著奇異表情，彷彿並非人臉，而屬於動物，某種奇特、皮膚厚韌的野生動物，睜著一隻發亮眼睛，沉默，逃脫。

恬娜知道自己首度對她說謊，瑟魯也將首度違背她的意思。第一次，但不是最後一次。

她發出一聲疲累歎息，良久毫無動作。

有人敲門，清溪與格得——不對，她必須稱他鷹——站在臺階上。老清溪吹噓得口沫橫飛，格得穿著他髒污的羊皮外套，顯得黝黑、沉靜、臃腫。

「進來吧，」她說道：「來喝杯茶。有什麼消息？」

「想逃，往谷河口跑，但卡赫達嫩來的人，那些巡警，從山上下來，在雪莉的外屋發現他們。」清溪大聲宣告，揮舞拳頭。

「他逃走了？」驚懼攫住她。

「是另外兩人，」格得說：「不是他。」

「他們在圓山上的老廢屋裡發現屍體，被打得不成人形，就在上面的老廢屋，卡赫達嫩旁邊。十或十二人立刻當場自任為巡警，去追趕他們。昨晚所有村莊都搜尋過一遍，今早天剛亮，他們就發現那夥人躲在雪莉的外屋裡。凍個半死。」

「所以他死了？」她迷惘問道。

格得脫去厚重外套，坐在門邊藤椅上，解下腳上的皮綁腿。「他活著，」他以一貫沉靜的聲音說道，「亞薇看著他。我今天早上用堆肥車推他去。天亮前就有人在路上搜索三人下落。他們在山上殺死了一名婦女。」

「什麼婦女？」恬娜悄聲問。

她雙眼直視格得的眼睛。他輕輕點頭。

清溪希望這消息是由自己來說，因此大聲續道：「我跟上面來的那群人說到了話，他們告訴我，那四個人都在卡赫達嫩附近閒蕩、野營、流浪，那女人會到村裡乞討，全身都是狠打、燒傷跟淤青。他們，就那些男的，會叫她到村裡乞討，然後她會回他們身邊。她跟村裡人說，如果她空手回去，他們會打得更凶。他們就問，幹嘛回去？她說，如果她不回去，他們會追來，反正到頭來她一定會跟他們走。但他們終於太過分，把她打死了，就抬著她的屍體，留在老廢屋那裡，那邊還有點臭氣，他們也許以為這樣就可以隱藏他們幹的好事。結果他們昨天晚上逃到這兒來。葛哈，妳昨晚為什麼沒大喊？鷹說他衝向他們時，他們就在這房子附近鬼鬼祟祟。我一定會聽到，要不香迪也會聽到，她的耳朵比我還尖。妳告訴她了嗎？」

恬娜搖搖頭。

「那我去跟她說。」老頭說，高興自己是第一個得知消息的人，登登登穿過中庭。半途他轉身，「沒想到你拿草耙還滿有兩下子！」他對格得喊道，拍打大腿，縱聲大笑後離去。

格得取下厚重綁腿，脫去泥濘的鞋，放在臺階上，穿著襪子往爐火邊走去。長褲配背心，粗紡呢毛襯衫，標準的弓忒牧羊人，面孔機靈、鷹勾鼻、眼睛澄澈烏黑。

「很快就會有人來，」他說道：「告訴妳消息，再聽妳說這兒事情的經過。他們抓到逃走的那兩人，現在關在沒酒的酒窖裡，有十五、二十人守著他們，還有二、三十個小男孩爭相窺看……」他打了個呵欠，甩甩肩臂放鬆肌肉，向恬娜看了一眼，尋求允許坐在壁爐邊。

她向壁爐旁的座位比了比。「你一定累壞了。」她悄聲道。

「我昨晚在這裡睡了一會兒。撐不住。」他又打個呵欠。他抬起頭看看她，衡量她。

「那是瑟魯的媽媽。」她說，發不出比耳語更大的音量。

他點點頭，微微前傾，前臂置於膝上。火石也曾以同樣姿勢坐著，直直凝望火中。兩人非常相像，卻也完全不像，如同泥藏石塊與翱翔飛鳥。她的心抽痛、骨頭抽痛，思緒在不祥預感、哀傷、憶起恐懼與某種擾人的飄忽間，迷惘得不知所措。

「我們逮到的人在女巫那兒，」他說：「被牢牢捆起，以防他蠢動。他身上的傷口則塞滿蜘蛛絲及止血咒語。她說他可以活到被吊死的時候。」

「吊死？」

「王立法庭重新開議，會依照他們的裁決，處以吊刑或奴役。」

她搖頭，蹙眉。

「妳不會要放他走的，恬娜。」他溫柔說道，端詳她。

「不會。」

「他們必須受懲罰。」他說，依然端詳她。

「懲罰。那是他說的。懲罰那孩子、她壞、她必須受懲罰；懲罰我，因為我帶走她，因為我……」她掙扎說出心裡話。「我不想要懲罰！這整件事都不該發生……我希望你當初就殺了他！」

「我盡力了。」格得說道。

良久，她惶顫地笑出聲。「你的確盡力了。」

「想想當初多麼簡單——我還是巫師時。」他說道，再度直視炭火。「我可以在路上，他們還來不及知道時，就用捆縛術制服他們；我可以把他們像群綿羊般趕往谷河口；或者昨晚，在這裡，想想我可以引發多大騷動！他們永遠不會知道被什麼攻擊。」

「他們還是不知道。」她說道。

他向她瞥了一眼，眼中有極稀微卻無法抑止的勝利光芒。

「沒錯，」他說：「他們不知道。」

「拿草耙還滿有兩下子。」她喃喃道。

他打了個大呵欠。

「你怎麼不去睡一會兒？走廊上第二個房間。還是你想招待客人？我看到雲雀、荻琪帶著幾個孩子過來了。」她一聽到聲音便站起身，從窗子望去。

「那我去睡了。」他說著溜出房間。

雲雀夫婦、鐵匠妻子荻琪，和村裡其餘朋友，整日川流不息來傳送及聽取消息，完全如格得所料。她發現有他們陪伴讓她重新振奮，將她一點一滴帶離如影隨形的昨夜恐懼，直到她可以讓事情過去，不再當成正在發生、會不停發生在她身上。

瑟魯也必須學會這點，她想，不僅是一夜的經歷，而是她的一輩子。

別人離去後，她對雲雀說：「我最氣不過自己的是，我太蠢了。」

「我早就告訴妳要把房門鎖好。」

「不是……也許……就是這樣。」

「我懂。」雲雀說道。

「但我是指，他們在這裡時，我可以跑出去找香迪和清溪，或許我可以帶著瑟魯逃。或許我可以跑到棚舍，自己抓起草耙或修剪蘋果樹的樹剪——它有七呎長，剪鋒像剃刀一樣鋒利，我保養得像火石在時一樣好。我為什麼沒那麼做？我為什麼束手無策？為什麼只把自己反鎖，卻一點用也沒有？如果他……如果鷹不在這裡……我只是把自己跟瑟魯困在屋內。我後來終於抓著屠刀走到門口，對他們大吼。我那時半發狂，但這樣也嚇不走他們。」

「我不知道，」雲雀說：「的確很瘋狂，但也許……我不知道。妳除了鎖上門外，還能如何？但我們一輩子好像都在鎖門。這就是我們住的房子。」

兩人環顧石牆、石地板、石煙囪、廚房裡陽光四射的窗戶，在橡木農莊，農夫火石的房屋。

「他們殺害的那女孩，那女人，」雲雀說，以敏銳的神色看著恬娜，「她也一樣。」

恬娜點點頭。

「他們其中一人告訴我，她懷孕了。四、五個月大。」

兩人同時沉默。

「受困。」恬娜說道。

雲雀往後一靠，雙手放在覆蓋壯碩大腿的裙子上，背脊挺直，姣好的臉孔很嚴肅。「恐懼，」她說道，「我們這麼怕的是什麼？我們為什麼讓他們告訴我們，我們在害怕？他們怕的又是什麼？」她拾起原本縫補的襪子，在手中翻轉，沉默。終於她問道：「他們為了什麼怕我們？」

恬娜紡線，沒有回答。

瑟魯跑進屋內，雲雀迎接她：「我的親親來了！來給我抱一下，我的親親小乖！」

瑟魯匆匆擁抱她。「他們抓到的人是誰？」她以嘶啞平板的聲音問道，眼光從雲雀移向恬娜。

恬娜止住紡輪，緩緩開口。

「一個是悍提，另一個男的名叫砂格。受傷的人叫黑克。」她直視瑟魯，看到那叢火焰，疤痕泛紅。「他們殺死的女人，好像叫賽妮。」

「賽妮妮。」孩子悄聲道。

恬娜點頭。

「他們殺死她了嗎？」

她再度點頭。

「特波說他們來過這裡。」

她三度點頭。

孩子環顧房間四周，如同她們方才所做，但她表情完全不屈從，她看不見任何牆。

「妳們會殺死他們嗎？」

「他們可能被處以吊刑。」

「處死？」

「是的。」

瑟魯點點頭，有點漠不關心。她又走出屋子，到井屋邊重新加入雲雀的孩子們。

兩個女人一言不發，紡線、補衣，沉默坐在壁爐邊，在火石的房子裡。

良久，雲雀說道：「那個傢伙，就是那個跟蹤他們來這裡的牧羊人，他怎麼樣了？鷹？妳是這麼叫的？」

「他在裡面睡覺。」恬娜說，頭朝屋內深處點了一下。

「啊。」雲雀說。

紡輪呼嚕嚕轉。「我以前就認得他了。」

「啊。是在銳亞白那邊，對不對？」

恬娜點點頭。紡輪呼嚕嚕轉動。

「要跟蹤那三人，還在漆黑中用草耙攻擊，可要點勇氣。他，不是個年輕人吧？」

「不是。」一會兒後她續道，「之前他生了病，還需要工作。所以我叫他從山上下來，告訴清溪讓他在這裡幹活。但清溪認為還可以自己來，所以叫他去熱泉上面，做夏天的牧羊工作。他那時正從山上回來。」

「看來妳想把他留在這邊，是吧？」

「如果他願意。」恬娜答道。

又一群人從村裡來到橡木農莊，想聽聽葛哈的敘述，告訴她他們在這場大追緝中的角色，看看那柄草耙，比對四根長鐵齒跟黑克那傢伙繃帶上的三個血點，再回味一遍。恬娜樂得迎接夜晚到來，得以把瑟魯叫回屋內，關上門。

她舉起手要拴門，卻放下了手，強迫自己離開，任由它未上閂。

「雀鷹在妳房間裡。」瑟魯告訴她，從涼室拿著雞蛋回到廚房。

「我本來要告訴妳他到了……對不起。」

「我認得他。」瑟魯說，一面在儲物室裡洗臉洗手。格得睡眼惺忪、滿頭亂髮走進廚房時，她直接走向他，舉起雙手。

「瑟魯。」他說道，抱起她，摟近。她緊抱住他片刻，然後抽開身子。

「我會《伊亞創世歌》的開頭。」她告訴他。

「要不要唱給我聽？」他再次向恬娜望了一眼，尋求許可後，坐在壁爐邊慣常的位置。

「我只會背誦。」

他點點頭，等待，表情頗為嚴肅。孩子說道：

自無而有，
自始而終，
孰能知悉？
夫近而為退，

凡人不知其道也。
永歸萬物中，
至壽者，守門者，兮果乙……

孩子的聲音像刷過鐵皮的鐵刷，像枯葉，像嘶嘶燃燒的火焰，一直唸到第一詩節終結。

是以，光明伊亞升於浪沫。

格得簡潔有力地點頭嘉許：「很好。」

「昨晚，」恬娜說：「她昨晚才背的。感覺像是一年前的事了。」

「我還可以繼續學。」瑟魯說道。

「妳會學到的。」格得告訴她。

「現在請先把擠壓器洗乾淨。」恬娜說，孩子聽從。

「我該做什麼？」格得問。恬娜遲疑一會兒，端詳他。

「我需要裝滿水壺，燒開水。」

他點點頭，提著水壺走到幫浦邊。

三人做好晚餐、吃完、清理。

「再把妳背過的《創世歌》背誦一次，」格得在壁爐前對瑟魯說：「然後我們從那裡繼續。」

她跟著他背誦一遍第二詩節，跟恬娜背誦一次，然後自己背誦一次。

「上床了。」恬娜說道。

「妳沒跟雀鷹說王的事。」

「妳告訴他。」恬娜說，對這個拖延的藉口感到好笑。

瑟魯轉向格得。她的小臉，傷疤與完整的兩邊，失明與正常的雙眼，極為專注熱切。「王搭船來。他有柄長劍，他給了我一隻骨頭海豚。他的船在飛，但我那時生病，因為悍提碰到我。王摸了那裡，印記就不見了。」她秀出圓潤纖細的手臂。恬娜睜大眼睛，她完全忘記那個印記。

「有一天我想飛到他住的地方，」瑟魯告訴格得，他點點頭。「我會去的。」她說道：「你認得他嗎？」

「我認得他。我跟他一同去了一趟漫長的旅行。」

「去哪兒？」

「到太陽不升起、星星不落下的地方。然後從那兒回來。」

「你是飛去的嗎？」

他搖搖頭。「我只會走路。」他說道。

孩子思索，然後彷彿得到滿意的答案，道晚安，走進房間。恬娜隨後進入，但瑟魯不想聽她唱歌入睡。「我可以在黑暗中背《創世歌》，」她說道，「背兩段詩節。」

恬娜回到廚房，隔著壁爐面對格得坐下。

「她變得多快啊！」她說：「我追不上她。我已經過了養孩子的年紀。而她……她聽話，但只因為她想聽。」

「這是要求服從的唯一正當理由。」格得評述道。

「但她打算反抗我時，我能怎麼辦？她有某種野性。有時她是我的瑟魯，有時她是別的東西，超乎我所能及。我問亞薇能否考慮訓練她，畢椈建議的，亞薇說不行。『為什麼？』我問。『我怕她！』她說……但你不怕她，她也不怕你。所有男人，她只允許你跟黎白南兩人碰觸她。而我讓那……那悍提……我沒法談這件事。噢，我累壞了！我什麼都不懂……」

格得放了一塊木節在火上，讓它小小慢慢地燃燒，兩人一同看著火焰跳躍、顫舞。

「格得，我想要你留在這裡，」她說，「如果你願意。」

他沒有立即回答。她說道：「或許你想去黑弗諾……」

「不，不是。我無處可去，我正在找工作。」

「嗯，這裡要做的事情可多著。清溪不肯承認，但他的痛風大概只能讓他做園藝工作了。我回來後，就一直想要人手幫忙。我真想好好數落那老頑固一頓，居然就那樣把你送上山，但沒用，他聽不進去。」

「對我來說是件好事，」格得說，「那是我需要的時間。」

「你在牧綿羊嗎？」

「山羊。在最高的牧地上。他們一名牧童生病了，賽瑞雇用我，第一天就派我上山。他們要羊長時間待在高地，好讓內層絨毛長得濃密。最後一個月，幾乎是我獨占山頭。賽瑞送我那件外套和一些補給品，要我讓羊群在山上待愈久愈高愈好。我照著做。在上面很好。」

「寂寞。」她說道。

他點點頭，半帶微笑。

「你一直是一個人。」

「是的，一直是。」

她一語不發。他看著她。

「我想在這裡工作。」他說道。

「那就說定了。」她道。一會兒她又說：「至少到這冬季結束。」

今晚的霜結得更厚實。兩人世界中，除了火焰低語外，一切完美沉靜。沉靜，像兩人之間真實的存在。她抬起頭，看他。

「好吧，」她說：「格得，我該睡在誰的床上呢？孩子的，還是你的？」

他深吸一口氣，低低開口說：「如果妳願意，我的。」

「我願意。」

沉默攀抓住他。她看得出他在費力掙脫。「如果妳願意對我有點耐性。」他說道。

「我已經耐心待你二十五年了，」她說，看著他，開始輕笑。「好了……好了，親愛的……遲來總比不來的好！我只是個老太婆……沒有什麼被浪費，永遠沒有什麼是浪費，這是你教我的。」她站起身，他也站起。她伸出雙手，讓他握住。兩人擁抱，擁抱，更為貼近。兩人如此激切，如此愛戀地擁抱彼此，直到天地之間除了對方的存在之外，渾然不覺。睡誰的床已不再重要。兩人當晚躺在壁爐前，而她教導格得最睿智的智者也無法教導的奧祕。

他重新堆起爐火，從長椅上拉下漂亮毯子，這次恬娜沒有反對。她的披風及他的羊皮外套，便是兩人的棉被。

兩人於黎明破曉時甦醒，微弱銀光落在窗外深黑半裸的橡木枝上。恬娜伸長四肢，好感覺他依靠在身旁的溫暖。一會兒，她喃喃道：「他就躺在這裡。黑克。就在這地上……」

格得輕聲抗議。

「你現在的確是個男子漢了，」她說道：「先把另一個男人戳得渾身是洞，然後跟女人同床共枕。我想，這順序應該沒錯。」

「噓，」他喃喃道，轉身面向她，將頭枕在她肩窩。「別這麼說。」

「我要說。格得，可憐的人！我沒有憐憫，只有正義。訓練我的人沒教我憐憫，愛是我唯一的優點。噢，格得，不要怕我！我第一次見到你時，你已是個男人了！能讓男人成為男人的，不是武器或女人，也不是魔法，更不是任何力量、任何事物。只能由他自己。」

兩人倚躺在溫暖甜美的寂靜中。

「跟我說。」

他睡意濃重地喃喃同意。

「你怎麼會聽到他們在說什麼？黑克、悍提和另外那人。你怎能剛巧就在那時，就在那裡？」

他以一邊手肘撐起上身，好凝視她的臉。他的面容充滿自在、滿足、柔情，如此坦率、脆弱，她不禁伸手碰觸他的唇，在那數月前，她首次親吻的位置，他再度擁她入懷，交談不再需要言詞繼續。

還是有些形式上的手續必須進行。最主要的，便是告訴清溪和橡木農莊的其餘佃戶，她選個雇工取代「前主人」的位置。她快速、不加掩飾、坦白宣告。他們對此無能為力，這亦不會對他們造成威脅。只有在男性繼承人或索取人闕如的情形下，寡婦才能保有丈夫的產業，火石的海員兒子是他的繼承人，火石的寡婦只是幫他管理農場——如果她過世，則由清溪為繼承人管理；如果星火永遠不繼承，則屬於火石在卡赫達嫩的一個遠房表親。清溪與香迪、以及提夫與西絲這兩對夫婦，為這塊農場投注一生心血，卻無權擁有，這在弓忒很常見。不過，寡婦選擇的任何男人也不得遣散他們，即使她與他結婚也是。但她擔心他們會憎惡她未為火石守節，畢竟他們認識火石較長久。讓她寬心不少的是，他們毫無異議。鷹以一記草耙博得他們的讚許；況且，女人在房子裡想要個男人保護，理所當然。如果她讓他上床，反正寡婦的胃口眾所皆知；而且，畢竟她是個外來人。

村民的態度相去不遠，些許竊竊私語及低聲嘲弄，但僅此而已。顯然贏得尊重比蘑絲想像得還容易，也或許是二手貨沒什麼價值。

他們的接納與她之前揣想的非議，同樣讓她感到受玷汙、貶抑。只有雲雀讓她自恥辱中解脫，毫無評斷，不用任何字眼——男人、女人、寡婦、外來人——取代她看見的事物，僅僅觀望，帶著興味、好奇、羨慕及寬容，看著她與鷹。

因為雲雀並未透過牧人、雇工、寡婦的男人等字句檢視鷹，而是直接看到他本人，所以她發現許多不解之事。他的自尊與簡樸不輸她認識的其餘人，但在特質上些許不同。他有某種碩偉之處，她想，當然不是身高或胖瘦，而是在其靈魂及心靈。她對亞薇說：「那人並非一生都與山羊共處。他對世事的了解比對農莊還多。」

「我認為他是個受詛咒，或因某種原因而喪失巫力的術士。」女巫說：「這種事有可能發生。」

「啊。」雲雀說道。

但來自浮華世界及皇宮寶殿的「大法師」一詞，用在橡木農莊上的黑眼灰髮男子身上，又顯得太崇高偉大了些，因此她從來沒做此聯想。如果她曾想過，就絕不可能如此輕鬆與他相處。就連他曾經可能是個術士這點都讓她頗不自在，名稱擾亂她對本人的印象，直到她再次親眼見到他。他正攀坐在果園裡一株老蘋果樹上鋸除死木，她朝農莊走來時，他大聲招呼。他的名字很適合他，她想，這樣棲息在樹上。她朝他揮揮手，帶著微笑繼續前行。

恬娜沒忘記羊皮外套下、壁爐旁地板上的問題。時間在這間被冬季鎖閉的石屋中十分甜美愜意地流逝，不知幾天或數月後，她又問了一次。「你一直沒告訴我，」她說，「你怎麼會聽到他們在路上談話。」

「我想我跟妳說過。我聽到有人從我後方來時，躲到路旁。」

「為什麼？」

「我當時隻身一人，而且我知道那附近有幾個強盜集團。」

「當然是……但他們經過時，黑克正好談到瑟魯？」

「我想，他說的是『橡木農莊』。」

「這都很合理。只是，看起來太巧了。」

他明白她並非不信他的話，向後倚躺，等待。

「這就是會發生在巫師身上的那種事。」她說道。

「也會發生在別人身上。」

「也許吧。」

「親愛的，妳該不會是想要我……重操舊業吧？」

「不是。壓根兒不是，這樣就太不聰明了。如果你是巫師，你還會在這裡嗎？」

兩人正躺在寬大橡木床上，滿覆羊皮及羽毛被，因為房間裡沒有壁爐，當晚除了落雪，又降硬霜。

「但我想知道這件事：除了你稱為『力量』的東西外，還有些什麼？也許先於力量？或力量僅為某件事物的表現方式之一？就像歐吉安有次談及你時說道，你在承襲任何智識或訓練以成為巫師前，就已是法師了。天生的法師，他說。所以我想，擁有力量之前，必先擁有容納力量的空間。一處等待填滿的空無。而這空無愈大，則可填入愈多力量。但如果從未得到力量，或者被奪取、被送出，則空無依舊在。」

「那處空無。」他說道。

「空無只是一種說法，也許不正確。」

「潛力？」他說，然後搖搖頭。「能變成、成為某種事物？」

「我想你會在那條路上，時機正好、地點也正好，就是因為如此，因為那是會發生在你身上的事。你沒讓它發生，你沒促成它發生，它並非因你的『力量』而發生。它發生在你身上，只是因為你的……空無。」

須臾，他說：「這跟我年輕時在柔克學到的意念類同：真正的法術在於『為所當為』。但這又更進一步。不只是『為』，而是『被作為』……」

「我認為不只這樣，應該比較像是真實作為的發源。你不是來救了我一命、不是將耙子刺入黑克嗎？那的確是『作為』，為所當為……」

他又陷入沉思，最後問她：「這是妳還是護陵女祭司時被授與的智慧嗎？」

「不是。」她小伸懶腰，望入黑暗。「阿兒哈被教導：要擁有力量，就必須犧牲，犧牲她自己，還有別人。是一項交易，付出才有所得。我無法說這些話不對，但我的靈魂無法存活在那狹隘地方——以物易物、以牙還牙、以死還生……在那之外，更有一種自由。在給付、報答、贖償之外；在一切交易與平衡之外，有一種自由。」

「『道也』。」他輕聲說。

那晚恬娜做了夢。她夢見自己看到《伊亞創世歌》中的道。是扇小窗，鑲著扎結、霧白、厚重的玻璃，低低嵌在海上一座老屋的西牆上。窗戶緊鎖。她想打開窗戶，但需要一個字，或一把鑰匙，是被她遺忘的事物，一個字、一把鑰匙、一個名字，少了它便開不了窗。她在逐漸縮小變暗的石屋搜尋，直到發現格得正摟著她，想喚醒、安慰她，說：「沒事了，親愛的，一切會沒事的！」

「我逃不掉！」她呼喊，牢牢攀附他。

他撫慰她，手輕順她的頭髮，兩人向後倚躺，他悄聲道：「看。」古老的月亮升起，照映落雪的白耀光芒反射入屋，因為即便如此寒冷，恬娜依然不願關上窗板。懸浮的空氣處處迷濛泛光。兩人躺在陰影下，屋頂彷彿只是一層薄紗籠罩他們，隔開彼端無邊、銀白、寧和的光海。

今年弓忒有個多雪、漫長的冬，也十分豐收。人畜都有食糧，所以除了吃喝保暖外，沒事可做。

瑟魯已會背全篇《伊亞創世歌》。她在日迴那天誦讀「冬頌」與《少王行誼》；她知道如何捏餡餅皮、用紡輪、做肥皂；她知道露在雪地上所有植物的名稱及功用，還有許多草藥及口傳民俗之事，全都是格得跟著歐吉安短暫習藝，以及在柔克學院度過的漫長歲月中，裝進腦袋裡的知識。但他沒將符文書或智典從壁爐櫃上拿下，也未教導孩子創生語的隻字片句。

他與恬娜討論此事。她告訴他，她試圖教瑟魯一個字：「拓」，隨即中止，因為感覺不對，雖然她不明白為何有此念。

「我以為或許因為我從未真正說過這語言，從未在法術中用它。我想，或許她應該向真正說創生語的人學習。」

「沒有這種人。」

「也沒有這種女人。」

「我的意思是，只有龍將它當母語使用。」

「牠們是學會的嗎？」

驟然面對這問題，他遲遲沒有回答，顯然腦海中憶起所有他曾聽過或知道的，關於龍的知識。「我不知道，」他終於回答，「我們了解牠們些什麼？牠們是否像我們一樣，母傳與子，長傳與幼？或者像動物一樣，教導某些事，但絕大部分都是生而知之？我們連這點都不知道。但我猜想，龍跟龍語，兩者為一，是同一的存在。」

「而牠們不說別的語言。」

他點點頭。「牠們毋須學習，」他說，「牠們便是語言。」

瑟魯進廚房。她的工作之一是確保柴火盒隨時填滿，她忙著做事，裹著短羊皮外套，戴著帽子，在廚房及柴房間來回。她將滿懷木柴拋入煙囪角落旁的盒子，重新出發。

「她唱的是什麼歌？」格得問道。

「瑟魯嗎？」

「她獨自一人時。」

「但她從來沒唱過歌。她無法唱。」

「她依自己的唱法，『西之西處……』」

「啊！」恬娜說：「那個故事！歐吉安從來沒跟你提起楷魅之婦？」

「沒有，」他說：「告訴我。」

她一面紡織，一面對他說故事，紡輪的呼嚕、喝噓聲與故事的詞句一搭一唱。最後，她說道：「風鑰師傅告訴我說他來找『弓忒島上的女人』時，我想到她。但她現在一定已經過世了。無論如何，一個是龍的漁婦，怎麼可能是大法師！」

「嗯，形意師傅沒說弓忒島上有個女人要成為大法師。」格得說道。他正縫補一件破爛至極的長褲，挺坐窗台上，好把握陰暗天色中的些許微光。日迴已過半月，正是最冷的時分。

「那他說的是什麼？」

「『弓忒島上的女人』。妳是這麼告訴我的。」

「但他們在問，誰會是下任大法師。」

「然後未獲得那問題的答案。」

「『法師的爭論永無休止』。」恬娜平板地說道。

格得咬斷線頭，將無用的一端纏繞在兩指間。

「我在柔克也學會了點詭辯，」他承認，「但我想這不是詭辯。『弓忒島上的女人』不能成為大法師。沒有女人能成為大法師。她會在成為時，毀壞她所成為的。柔克法師是男人，他們的力量是男人的力量，他們的知識是男人的知識。男人與法術建立在同一塊礎石上，力量屬於男人。如果女人有力量，那男人除了是不會生育的女人外，還能是什麼？而女人將只不過是能生育的男人罷了。」

「哈！」恬娜吐了一口氣。過一會兒，略帶狡獪地說：「不是有過女王嗎？難道她們不是力之女？」

「女王只是女的王。」格得說道。

她從鼻子哼了兩聲。

「我是指，男人賦予她力量，男人讓女人使用他們的力量。但這不是她的，不是嗎？並非『因為她是女人，所以擁有力量』，而是『即使她是女人，她也有力量』。」

她點點頭，伸個懶腰，坐離紡輪。「那麼女人的力量是什麼？」她問道。

「我認為，我們不知道。」

「什麼時候女人會因身為女人而擁有力量？我想是在孩子上吧。有一陣子……」

「也許是在她的房子裡時。」

她環顧廚房。「但門關著，」她說，「門都鎖著。」

「因為妳很珍貴。」

「喔，是的。我們很珍貴，只要我們沒有力量……我記得自己如何學到這個教訓！柯琇威脅我，我，第一女祭司！我當時發現自己的無助。我尊貴，但她有力量，來自神王那男人。這讓我多生氣啊！而且嚇到了我……雲雀跟我討論過此事。她說：『為什麼男人害怕女人？』」

「如果優勢只建立在對方的弱處上，便活在恐懼中。」格得說道。

「對，但女人好像害怕自己的優勢，害怕自己。」

「是否有人教導她們信任自己？」格得問，他說著，瑟魯又進來繼續做事。他與恬娜眼神相對。

「沒有，」她說：「沒人教導我們信任。」她看著孩子在盒中堆砌木柴。「如果力量是信任，」她說道，「我喜歡這字眼。如果不是這些安排：人外有人、王、大師、法師及主人，一切好像都無謂。真正的力量、真正的自由，存於信任，而非蠻力。」

「如孩童信任父母。」他說道。

兩人沉默。

「世風如此，」他說，「連信任都可令人腐敗。柔克的男人相信自己與彼此。他們的力量是純正的，純正得不受一絲玷汙，因此他們將純正誤認為智慧。他們無法想像自己會犯錯。」

她抬頭望著他。他從未如此談過柔克，完全客觀、抽離。

「也許他們需要女人來指出這點。」她說道，而他笑了。

她重新轉起紡輪。「我還是不明白為什麼。如果能有女王，為什麼不能有女大法師。」

瑟魯凝神傾聽。

「扇火止沸，炊沙成飯。」格得說道，一句弓忒成語。「王由他人賦予權力，而法師的力量是他自己的，是他自己。」

「而且是男性力量。因為我們甚至不知道女人的力量是什麼。好吧，我懂了。可是無論如何，他們為什麼不能找個大法師——一個男大法師？」

格得研究長褲襤褸的內側縫邊。「嗯，」他說：「如果形意師傅不是回答他們的問題，便是回答他們沒問的問題。也許他們應該問。」

「這是個謎語嗎？」瑟魯問道。

「是的，」恬娜說：「但我們不知道謎面是什麼，只知道謎底是：弓忒島上的女人。」

「有很多。」瑟魯思索一刻後說，顯然心滿意足，走出門，搬運下一批柴火。

格得看著她離開。「一切都改變了，」他說：「一切……恬娜，有時候我想，我在想黎白南的王治是否只是開端。道……而他是道的守護者，不是過客。」

「他看來那麼年輕。」恬娜溫柔說道。

「跟莫瑞德當年遇上黑船時一樣年輕。跟我一樣年輕，我在……」他住口不言，透過窗戶看著光禿樹木外的灰白冰凍田野。「或是妳，恬娜，在那黑暗的地方……年輕或老是什麼呢？我不知道。有時我感覺自己彷彿活了一千年，有時我感覺自己的人生像透過牆壁隙縫的一瞥驚鴻。我死過，也重生過，在旱域、在太陽下的這裡，不只一次。而《創世歌》告訴我們，我們曾回歸，並將永遠回歸源頭。而源頭永不止歇。『惟死亡，得再生……』我帶著山羊在山上時，想著這點，白晝似乎永無止境，但在夜幕降臨前，時間又像靜止不動，然後又是早晨……我領會羊的智慧。所以我想，我悲哀什麼？我哀悼誰？大法師格得嗎？為什麼牧羊人鷹會為他感到哀傷羞辱？我做了什麼該感到羞辱的事嗎？」

「沒有，」恬娜說：「沒有，永遠不會！」

「喔，會的，」格得說：「人類的偉大奠於恥辱，由其而生。因此，牧羊人鷹為大法師格得哭泣，同時也盡其所能，如牧童般照顧羊群……」

一會兒後，恬娜微笑。她略為害羞地說：「蘑絲說你像才十五歲。」

「我想應該差不多。歐吉安在秋天為我命名，隔年夏天我便去了柔克……那男孩是什麼？一份空無……一種自由。」

「瑟魯是誰，格得？」

他沒回答，直到她以為他不會回答時，才說：「被如此創造……她還能有什麼自由？」

「所以我們便是我們的自由？」

「我想是的。」

「你力量滿灌時，彷彿得到人類最頂級的自由。但付出了什麼代價？什麼讓你自由？而我……我被創造，像陶土一樣，被那些女人的意志塑造。她們服侍太古力，或是服侍建立所有儀式、道法、場所之男人，我分不清楚該是如何。然後我自由了，與你還有歐吉安一道，在那片刻。但那不是**我的**自由。它只給了我選擇，而我做了選擇。我選擇像陶土一般塑造自己，好用於農莊、農夫及我們的孩子上。我將自己塑成容器，我明白它的形狀，但不明白陶土；生命舞動我，我認識舞步，但我不知道舞者是誰。」

「而她，」格得在長長沉默後說，「如果她有朝一日能起舞……」

「人們會懼怕她。」恬娜悄聲道。爾後孩子進了屋，談話主題便轉向在火爐邊盒中發脹的麵包麵糰。他們如此交談，安靜冗長，從一件事到另一件，回顧、反覆，超過短暫半日，用語言將兩人生命中那些未曾分享的歲月、行事、思緒，紡織，縫合為一。然後，他們將再度沉默，工作、思考、夢想，身旁伴著沉默的孩子。

冬季如此度過，直到羔羊誕生的季節降臨。白晝延長轉亮時，工作暫時變得十分沉重。爾後，燕子從陽光下的島嶼，從南陲有戈巴登星閃亮在終結星座之處飛來，但燕子間彼此的絮語，只講述開始。

【第十三章】

主人
The Master

船艦宛如燕子，隨著春返大地，開始穿梭島嶼間。村裡談論谷河口傳來的消息，說王室艦隊正煩擾侵奪者，將長久以來勢力龐大的海盜逐步毀滅，沒收他們的船艦及財產。漢諾大人親自派出他最好、最快的三艘船艦，領軍的海狼術士呔戾，讓索利亞到安卓群嶼之間的每個商人都深深懼怕，艦隊在歐瑞尼亞外海埋伏襲擊王室艦隊，但最後是王室艦隊駛入谷河口灣，載著鐵鍊緊鎖的呔戾，奉命將漢諾大人帶至弓忒港，以海盜及謀殺罪名接受審判。漢諾躲入谷河口山後的石宅邸，準備長期抗戰，但溫暖春意讓他忘了生把火，於是五、六名年輕的國王士兵從煙囪突襲他，整團軍隊押解五花大綁的他在谷河口遊街示眾，帶他前往接受審判。

格得聽到這消息時，以摯愛且驕傲的語氣說道：「他能成就一個王所成就的一切。」

悍提和砂格立刻從北路被押解到弓忒港，等到黑克的傷勢一穩定，也旋即登船載去，以謀殺罪名在王室法庭接受審判。他們裁決以絞刑，在中谷內帶來極大的滿足及沾沾自喜，恬娜和身邊的瑟魯只靜靜聆聽一切。

其他船艦載著王派遣的人士而來，卻不一定受到粗鄙弓忒鎮民與村民歡迎：皇家巡官來此檢視和平巡警及警察系統，同時聽取平民抱怨及陳情；訂稅人及收稅人；貴族前來拜訪弓忒小領主，禮貌詢問他們是否效忠黑弗諾王室；還有巫師一類的人隨意來去，好像做得不多，說得更少。

「我想他們畢竟還是在找新任大法師。」恬娜說道。

「或是在搜尋技藝的誤用，」格得說：「悖離的法術。」

恬娜本來要說「那叫他們往銳亞白領主宅邸找去」，但舌頭在這些字詞上打結。我剛要說什麼？她想。我有沒有跟格得說過……我真是愈來愈健忘了！我本來要跟格得說什麼來著？啊，是我們最好在牛跑出去前，修好牧草園的低柵門。

在她心上總是有件事，十幾件事，都是農莊上的活兒。「妳從來不會只想著一件事，」歐吉安從前說道。即使有格得幫忙，她所有思緒和時間還是都投入農莊事務。他不像火石，他會與她分擔家務——但火石是農夫，格得卻不是。他學得很快，但有很多事情正等著他學習。兩人不停工作，現在沒多少時間可談話。一天終了時，兩人會一同進餐、上床歡愛、入睡，清晨起身，開始工作，反覆又反覆，像水車輪一般呈滿又傾倒地輪迴。日子如明亮水柱般不斷灑落。

「嗨，媽媽。」一個瘦長的人站在農莊門口說道。她以為是雲雀的大兒子，回道：「什麼風把你吹來的，小夥子？」接著她越過咯咯雞群與成列鵝群，回望向他。

「星火！」她喊，跑向他，驅散了雞鵝。

「好了，好了，」他說：「不要太激動。」

他讓她擁抱，輕撫她臉龐，然後走進屋裡，在廚房桌子邊坐下。

「你吃過了沒？見過艾蘋了嗎？」

「我可以吃點東西。」

她在充盈櫥櫃中翻找。「你現在在哪艘船？還在『海鷗』嗎？」

「不。」一陣靜默。「我的船散了。」

她害怕地回身。「撞沉了？」

「不是。」他不帶一絲幽默地笑著。「船員散了。王的手下攻占了『海鷗』。」

「但那不是海盜船。」

「不是。」

「那為什麼？」

「說是船長載著某些他們想要的東西。」他很不情願地說道。他還是一樣瘦，但看起來年紀更大，曬得黝黑，頭髮披散，削瘦臉龐依然像火石，但更瘦、更硬實。

「爸呢？」他問。

恬娜凝身不動。

「你沒有先看望你姐姐？」

「沒有。」他漫不在乎地說道。

「火石三年前死了，」她說：「中風。死在農場上，從小羊圈過來的小徑上。清溪發現的。已經三年了。」

一陣沉默。他不知該說什麼，也可能無話可說。

她在他面前擺下食物。看他吃得狼吞虎嚥，她立刻端出更多。

「你最後一次吃飯是什麼時候？」

他聳聳肩，嚼食。

她面向他隔桌坐下，晚春陽光湧進餐桌對面的矮窗，照映在爐火銅架上。

他終於推開盤子。

「那現在是誰管理農場？」他問道。

「兒子，這於你有何干係？」她問他，溫柔卻平淡。

「它是我的。」他以近似的語氣說道。

一會兒後，恬娜站起身，收起他的盤子。「的確是。」

「妳當然可以留下。」他非常彆扭地說道，或許想開個玩笑，但他不是會開玩笑的人。「老清溪還在嗎？」

「他們都還在。還有個叫鷹的男人，以及一個我收留的孩子，都在房裡。你得睡在閣樓，我會把梯子架起來。」她再次面對他，「所以你是要留下來嗎？」

「或許吧。」

二十年來，火石都如此回答她的問題，以不置可否拒絕她詢問的權力，在她的無知上維持自由。頗為可憐、狹隘的自由，她心想。

「可憐的孩子，」她說道，「你的船員都散了，父親過世，家裡還有陌生人——都在同一天發生。你需要點時間來恢復。對不起，兒子，但我很高興你在這兒。我冬天時常想著你在海上暴風裡。」

他什麼都沒說。他無可給予，也無法接受。他椅子一推正要起身時，瑟魯走進房子。他半立，盯著她：「她發生什麼事了？」

「她被燒傷。瑟魯，這是我跟妳說過的兒子，他是個水手，叫星火。星火，瑟魯是你妹妹。」

「妹妹！」

「我收養了她。」

「妹妹！」他再次說道，彷彿尋找證人般地環顧廚房，然後張大眼望著他母親。

她回望他。

他走出大門，遠遠避開毫無動靜的瑟魯，將門在身後大力關起。

恬娜想對瑟魯說話，但說不出來。

「不要哭。」不哭的孩子說道，走到她身邊，輕觸她的手臂。「他傷害妳了嗎？」

「瑟魯！讓我抱妳！」她坐在桌邊，將瑟魯抱在腿上，抱在懷裡。雖然瑟魯已經快大得讓她抱不住，也一直學不會如何自然地被擁抱，但她依然抱著她哭泣。瑟魯將疤痕累累的臉頰俯低貼在恬娜臉側，直到被淚沾濕。

黃昏時，格得與星火從農莊兩邊進了屋。星火顯然已與清溪談過，同時把整個情況想過一遍；而格得顯然仍試圖了解情形。晚餐時，除了小心翼翼的少量對話外，什麼都沒說。星火沒抱怨不能睡他的老房間，以水手步伐跑上通往儲物閣樓的梯子。顯然他對母親為他鋪的床頗為滿意，因為他一直睡到隔天日上三竿才下樓。

他立刻想吃早餐，也認為早餐就該端到他面前。他父親一向被母親、妻子、女兒伺候，難道他不如父親？她該向他表現這點嗎？她為他端上餐點，為他收下盤子，然後回到果園，與瑟魯、香迪燒盡一堆威脅新結果子的黃褐天幕毛蟲。

星火加入清溪與提夫。隨著時間流逝，他與他們相處的時間愈來愈長。需要勞力的粗活，及莊稼、綿羊需要的細活，由格得、香迪及恬娜做；而住在這裡一輩子的兩個老男人，他父親的工人，帶著他四處走動，訴說他們如何勞動，也真正相信他們自己是在勞動，與他分享他們的信念。

恬娜在屋裡時變得哀傷。只有在戶外、務農時，她的怒氣，還有星火的存在帶給她的恥辱，方能止歇。

「輪到我了。」她在兩人房裡，僅有星光點亮的黑暗中，對格得說道。「輪到我失去我最驕傲的事物。」

「妳失去了什麼？」

「我兒子。我沒能把他養成頂天立地的男子漢。我失敗了。我讓他失敗了。」

她咬著唇，乾枯雙眼凝視黑暗。

格得未與她爭辯，或說服她擺脫心裡哀淒。他問道：「妳認為他會留下嗎？」

「會的。他很怕再嘗試回到海上。他沒告訴我船上的事實，至少不是所有事實。他是二副，我想他可能涉及運載贓物。二手海盜。我不在乎，弓忒水手都是半個海盜，但這件事上他說謊。他說了謊。他忌妒你。一個不誠實、善妒的人。」

「我想是害怕，」格得說，「不是邪惡。而且這是他的農莊。」

「那他就拿去好了！希望這裡對他像對……」

「不，吾愛，」格得說，雙手、聲音都制止她：「別說……別說那邪惡的字眼！」他如此焦急、熱切的誠懇，讓她滿腔怒氣回復成原本的愛意，於是她喊：「我不會詛咒他，也不會詛咒這地方！我不是有意的！只是這件事讓我如此懊悔，如此羞愧！我好懊悔，格得！」

「不，不，不。親愛的，我不在乎那孩子怎麼想我。但他對妳太嚴厲了。」

「還有瑟魯。他對待她就像……他說，他對我說：『她做了什麼讓她變成那樣？』**她做了**什麼……！」

格得如常撫著她的長髮，輕柔、緩慢，一再撫摸，讓兩人充滿親密歡愉的睡意。

「我可以再去牧羊，」他終於說道，「這會讓妳在這裡的處境輕鬆點。只是工作……」

「我寧願跟你一道走。」

他繼續輕撫她的長髮，似乎陷入沉思。「我想應該可以吧，」他說，「利蘇上面有一兩戶也在牧羊的家庭，可是冬天來時……」

「或許有農夫會雇我們。我熟悉農事，還會養綿羊，而你會養山羊，學什麼也都很快……」

「用草耙滿有兩下子的。」他喃喃道，誘她發出小小啜泣般的笑聲。

第二天早上，星火很早起床，與他們共進早餐，因為他要跟老提夫去釣魚。他從桌旁站起，以較平常更為和善的語氣說道：「我會帶一堆魚回來當晚餐。」

恬娜一夜之間下定決心。她說：「等一下，星火，先把桌子清乾淨再走。把盤子放在洗碗槽，上面淋點水，晚上再跟晚餐的盤子一起洗。」

他盯視一會兒後說：「那是女人的工作。」一面戴上帽子。

「誰只要在廚房吃飯，就是他的工作。」

「不是我的。」他斷然說道，走出大門。

她緊跟而出，站在門前階梯。「是鷹的工作，卻不是你的？」她質問道。

他僅點點頭，穿過院子揚長而去。

「太遲了，」她說道，轉回廚房，「失敗了，失敗了。」她可以感覺臉上每條僵硬的線條，在嘴邊，在雙眼間。「再怎麼幫石頭澆水，」她說：「它也長不大。」

「妳得趁他們還少不更事的時候就開始，」格得說：「像我這樣。」

這次，她笑不出來。

兩人辛勞一天後，回到家來，看到有人站在前柵門，跟星火交談。

「那是從銳亞白來的傢伙，對不對？」眼力敏銳的格得說道。

「來吧，瑟魯。」恬娜說道，因為孩子停了一下。「什麼傢伙？」她有點近視，所以瞇起眼隔著院子望著。「喔，是那個叫什麼的買羊人。鎮生。他回來這裡做什麼？尋人晦氣的烏鴉嘴！」

她一整天都心情暴躁，因此格得及瑟魯睿智地一聲不答。

她走向柵門前的男人。

「鎮生，你是來問小母羊的事嗎？你晚了一年，不過今年生的那些，還有幾隻在羊舍裡。」

「農莊主人是這麼跟我說的。」

「他這麼說的是吧？」

一聽到她的語氣，星火的臉色愈發陰沉。

「那我就不打擾你跟主人的談話了。」她說道，正轉身離去，鎮生開口說道：「我有信息要給妳，葛哈。」

「事不過三。」

「老女巫，妳認識的老蘑絲，她身子不大好。她說，既然我要下到中谷來，她說：『告訴葛哈太太，我在死前想見她一面，如果她願意來。』」

烏鴉嘴，晦氣的烏鴉嘴，恬娜想，滿腔怨恨地瞪著帶來壞消息的信差。

「她生病了？」

「病入膏肓。」鎮生說，臉上浮起一抹可能想表達同情的虛假微笑。「冬天生的病，她很快變得衰弱，所以她說要告訴妳，她很想在死前見妳一面。」

「謝謝你帶來的消息。」恬娜肅然說道，轉身進房。鎮生與星火一同進了羊舍。

他們準備晚餐時，恬娜對格得及瑟魯說：「我必須去。」

「當然，」格得說：「妳若想，我們三人可以一起去。」

「你願意嗎？」終於在一整天後，她的臉龐亮起，烏雲退散。「噢，」她說：「這……這好……我不想問……我想或許……瑟魯，妳想不想回小屋，歐吉安的小屋，一下下呢？」

瑟魯靜靜思索。「我可以看看我的桃樹。」她說道。

「是的，還有石南，還有西皮，還有蘑絲……可憐的蘑絲！我多麼想，我多麼想回到那裡，但總覺得不對勁。有個農莊要管，還有所有的……」

她感覺好像有別的原因阻止她回去，不允許自己想著回去，甚至在渴望回去之前，都不知道存在這麼一個原因。但無論原因為何，均如灰影，如遺忘的文字一般，隱匿而逝。「不知有沒有人照顧蘑絲，有沒有人去找治療師。她是高陵上唯一的治療師，但弓忒港那兒一定有人能幫她。可憐的蘑絲！我想去……現在太晚了，但明天，明天一大早。主人可以自己顧早餐！」

「他學得會的。」格得說道。

「不，他不會。他會找個笨女人幫他弄。啊！」她環顧廚房，表情明亮而炙烈。「真不想將我這二十年來刷在這張桌子上的心血都留給她。希望她懂得珍惜！」

星火把鎮生帶進屋內用晚餐，而依照一般待客之道，必須供他當晚住宿，只是買羊人不願留下過夜。如果他留下，睡的就是她家的床，恬娜對此念頭毫無好感。在春夜深藍暮色裡，她滿意地看他返回村裡招待人家中。

「兒子，我們明天一大早就要出發去銳亞白。」她對星火說，「鷹跟瑟魯，還有我。」

他看起來有點害怕。

「就這樣走了？」

「你也是這麼走，這麼回來的。」他母親說道，「現在，星火，仔細聽著：這是你父親的錢箱，裡面有七塊象牙片，還有老橋男的借據，不過他還不出來，因為沒東西可還。這四片安卓錢是火石連續四年將羊皮賣給谷河口修船商所賺來的，你那時還小。這三片黑弗諾錢，是索力跟我們買高澗農莊時付的錢。是我讓你父親買下那座農莊，也是我幫著他清理，脫手賣掉，所以我拿這三片，因為是我賺的。其餘的，還有這座農莊，是你的。你是主人。」

高瘦的年輕人站在那兒，呆望錢箱。

「全部拿去吧，我不想要。」他低聲說道。

「我不需要這些，但謝謝你，兒子。留著這四片。你結婚時，算是我送給你妻子的禮物。」

她將盒子收回火石一向放置的地方，櫥櫃最上層的大盤子後面。「瑟魯，現在去把東西收好，我們明天一大早就要出發。」

「妳什麼時候回來？」星火問，語氣讓恬娜想起過去躁動、孱弱的孩子，但她只說：「孩子，我不知道。你需要我的時候，我就會來。」

她忙著拿出旅行靴履及背包。「星火，」她說道，「你可以幫我個忙。」坐在爐火邊的他，看起來茫然陰鬱。「什麼事？」

「找個時間去谷河口一趟，見見你姐姐，告訴她我回高陵去了。跟她說，如果她需要我，就送個信來。」

他點點頭，看著格得已習於旅行，整齊迅速地收起少數私人物品，將盤子放好，讓廚房回復整齊。之後，他坐到星火對面，將一條繩子穿過背包上的孔眼，好束起開口。

「這得用種特殊的結，」星火說：「水手結。」

格得沉默地從壁爐另一端將背包遞給他，看著他沉默地示範繩結。

「像這樣滑動。」他說道，格得點點頭。

他們在黑暗寒冷的清晨離開農莊，太陽很晚才會照到弓忒山西面。在太陽終於繞過碩偉南峰、照耀在他們背上之前，只能靠走路保暖。

瑟魯走路的速度已是去夏的兩倍，但這段路程仍需時兩天。下午時分，恬娜問道：「我們今天要不要去橡木泉？那裡有個旅舍之類。我們在那裡喝了杯牛奶，記不記得，瑟魯？」

格得抬頭，悠悠看著山邊。「我知道有個地方……」

「很好。」恬娜說道。

在路上還不到可以看見弓忒港的高處轉角前，格得轉向路邊一片伸入陡峭山坡的森林。西下落日為樹幹間與樹枝下的陰暗斜斜送入一道道紅金色光芒。三人沿著恬娜不識的小徑爬了半哩多，突然遇到山坡的一道小階，或是平臺，背後的山崖及圍繞的大樹阻擋了強風進入這片碧綠草地。從那裡，可以直直望向北方高山，而從巨大杉樹間可以清晰看到西海。一片寂靜中，只有風襲時的林濤。一隻山雲雀悠長甜美地在陽光下唱著，然後落入鳥巢，隱藏在人跡罕至的翠草間。

三人吃著麵包及乳酪，看著黑暗從海面往高山蔓延，用披風堆成床鋪睡下，瑟魯靠著恬娜，恬娜靠著格得。恬娜深夜裡醒來，附近一隻貓頭鷹正呼呼叫，重複如鐘鳴般的甜美樂音，而在遠方山上，牠伴侶回應如鐘聲魅影。「我要看著星辰落入海裡。」但她隨即又懷著心中寧靜，墜入沉眠。

她在灰白清晨甦醒，發現格得坐在身旁，披風緊裹肩膀，穿過樹林望向西方。他黝黑的臉龐十分沉定，全然靜默，如同她許久以前在峨團海邊所見。現在，他的雙眼不同於當時的低垂，而是望向浩瀚無涯的西方。隨著他的眼神，她看到旭日初升，玫瑰與金色榮光澄澈地映照在整片天際。

他轉頭身面對她，而她說道：「從我見到你的第一眼起，我就愛上了你。」

「賜生者。」他說道，然後俯身向前，吻著她的胸脯與口唇。她擁抱他片刻。兩人站起，喚醒瑟魯，繼續前行。他們走入樹林時，恬娜回頭向那片小草地望了一眼，彷彿命令它，守護她曾在此感到的喜悅。

旅行第一天的目標通常只是前進；今天，他們會抵達銳亞白，恬娜滿心掛記的都是蘑絲阿姨，想著她發生什麼事、是不是真的瀕臨生死邊緣。但隨著天色及路程的進展，她的腦海無法抓住關於蘑絲的思緒或其餘念頭。她很疲憊，不喜歡再次走向死亡的感覺。他們經過橡木泉，沿峽谷向下，再度爬坡。抵達最後一段通往高陵的漫長上坡路時，她雙腿沉重難舉，思緒駑鈍混亂，牢抓某個字或景象，直到它變得毫無意義。歐吉安家裡的碗盤櫃，或是看到瑟魯的玩具草袋而浮現的「骨頭海豚」幾個字，不斷重複。

格得邁著輕鬆的旅人步伐節奏，瑟魯在旁疲累行走。不到一年前，同個瑟魯因為這段長坡累得不成人樣，必須讓人抱。但那是因為歷經更漫長的全天跋涉，而孩子當時尚未自她遭受的懲罰恢復。

她老了，老到無法走這麼快。上坡如此困難。老太婆應該待在家裡爐火邊。骨頭海豚、骨頭海豚；骨、捆、捆縛；骨頭人、骨頭動物……他們走在前頭，他們等著她。她緩慢。她疲累。她掙扎爬上最後一段山路，來到兩人站立處，高陵上平坦坡道。朝左是銳亞白的屋頂，往山崖邊下斜；往右是通往宅邸的路。「這邊。」恬娜說道。

「不對。」孩子說，指著朝左的村莊。

「這邊。」恬娜又道，然後往右邊走去。格得跟隨她而行。

兩人走在核桃果園及草原間。這是個初夏的暖熱傍晚，鳥兒在果園樹間或近或遠歌唱。那個她記不起名字的人，從大宅前的路上朝他們走來。

「歡迎！」他說道，然後停步不前，向他們微笑。

兩人止步。

「多麼偉大的貴客，前來造訪銳亞白領主宅邸啊。」他說道。土阿禾，不是他的名字。骨頭海豚，骨頭動物，骨頭孩子。

「大法師大爺！」他低低鞠個躬，格得依樣回禮。

「還有峨團的恬娜女士！」他對她鞠個更低的躬，而她當場跪在路間，頭向下伏低，直到雙手平貼塵土，彎身到嘴巴也緊貼路上塵土。

「現在爬過來。」他說道，她開始朝他爬去。

「停。」他說，而她停止。

「你們會說話嗎？」他問。她什麼都沒說，嘴裡湧不出字句，但格得以一貫的靜謐聲音回道：「會。」

「怪物在哪？」

「我不知道。」

「我以為女巫會把她的使役小鬼一起帶來。但她帶了你，大法師雀鷹大爺。多美妙的替代品啊！我只能為這世界除淨所有女巫及怪物，但是對你，曾經是個人的你，我可以談話。你至少能夠理智對話，同時有能力了解懲罰的意義。我想你以為你已經安全了，你選的王安坐王位上，而我的主人，我們的主人，被毀滅。你以為一切盡遂你意，毀去了永生的承諾，對不對？」

「不對。」格得的聲音說道。

她看不到他們。她只看得到面前的道路，嚐到它的味道。她聽見格得說話，他說道：「惟死亡，得再生。」

「呱，呱，唱詩歌，柔克師傅，學校師傅！多好笑的景象啊，偉大的大法師穿得像牧羊人，內在毫無一絲魔法、毫無一字力量。你會唸咒嗎，大法師？小咒語就好，小小的幻象誦咒？不會？一個字也不會？我主人打敗了你。你現在知道了嗎？你沒有征服他。他的力量依然活著！我可能會讓你多活一會兒，見識這份力量，我的力量。見識那位老頭，我讓他免於死亡，必要時還可以拿你的命來用。還能看你那多事的王自取其辱，他那些娘娘腔的朝臣，愚蠢的巫師，居然在找個女人！找個女人來統治我們！但規矩在這裡，主宰在這裡，這裡，在這大屋裡。這一年來，我不斷吸引他人前來，那些知曉真正力量的男人。有些從柔克來，就從那些學校師傅面前離開；還有從黑弗諾來的，就從那個所謂的莫瑞德之子面前離開。那個王想讓女人宰制他，以為自己安全到能以真名昭天下。你知道我的名字嗎，大法師？你記得我嗎？四年前，你還是偉大的眾師之尊，而我只是柔克的一個普通學生？」

「你叫白楊。」充滿耐心的聲音說道。

「我的真名呢？」

「我不知道你的真名。」

「什麼？你不知道？你找不出來嗎？法師不是知曉一切真名嗎？」

「我不是法師。」

「喔，再說一遍。」

「我不是法師。」

「我喜歡聽你說。再說一次。」

「我不是法師。」

「但我是！」

「是的！」

「說！」

「你是法師！」

「這比我想像得還要好！我想捕小蝦，卻抓到大魚！來吧，來見見我的朋友。你可以用走的，她可以用爬的。」

於是他們走在往鋭亞白領主宅邸的路上，進了屋，恬娜四肢貼地爬在路上，爬上通往大門的大理石階梯，爬過大廳及房間的大理石走廊。

屋裡一片黑暗。黑暗中，恬娜腦海也是一片黑暗，她愈來愈不了解他人言語，只能清楚聽到某些字句及聲音。她聽得懂格得說的話，他說話時，她想著他的名字，牢牢在腦海裡抓住。但他很少說話，只是回答那個不叫土阿禾的人。那人偶爾會對她說話，叫她母狗。「這是我的新寵物。」他對別人說，其中幾個站在蠟燭投下陰影所形成之黑暗中。「你們看我把她訓練得多好？打滾，母狗！」她打個滾，男人們笑了。

「她有隻小狗，」他說道，「我本來打算完成對她的懲罰，因為她只燒壞了一半，不過她帶來給我的，是一隻她抓到的鳥兒，一隻雀鷹。明天，我們來教他如何飛翔。」

其他聲音說出字詞，但她再也無法理解。

某樣東西繫上她的頸項，然後她被逼著爬上更多臺階，進到一間滿是尿液、腐肉、香花的房間。有聲音在說話。一隻石頭般冰手衰弱地敲她的頭，有個東西大笑「欸、欸、欸」，彷彿一扇來回吱嘎的老舊門扉。有人踢了她，要她沿廳堂向前爬行。她爬得不夠快，所以胸脯及口唇遭受踢擊。然後一扇門轟然關起，沉默，黑暗。她聽到有人哭泣，想到那是孩子，她的孩子。她想要孩子別哭。終於，哭泣停止。

【第十四章】

恬哈弩
Tehanu

孩子左轉前行一段距離後，方才回頭，讓綻放的灌木籬隱藏她的身影。名喚白楊，真名是隘銳森的人，在她眼裡是一束雙岔扭曲的黑暗，束縛她母親與父親，用皮條穿過她的舌與他的心，牽著他們往他的藏身之所。那地方的味道令她作嘔，但她還是跟隨一段路程，好看清他的動向。他牽著他們穿過一扇門，將門關上。地板是石頭做的。她進不去。

她需要飛翔，但她無法。她不屬於翼族。

她全速跑過田野，經過蘑絲阿姨的房子，經過歐吉安的屋子、羊舍，沿著懸崖邊道路奔跑，直到懸崖邊緣，一個她不該去的地方，因為她只有獨眼。她很小心，小心地用那隻眼睛看。她站在懸崖邊。水在很遠的下方，太陽正在遠處逐漸落下。她用另一隻眼望向西方，用另一個聲音，呼喚她聽到母親在夢裡喊的名字。

她沒留下來等回應，再度轉回原路，先到歐吉安的屋子，看看她的桃樹是否長大。老樹結了許多小小綠綠的桃子，但毫無小樹苗的影跡。被羊吃掉了，或因為她沒澆水，所以死掉了。她佇立片刻望著那塊地，深吸一口氣，再度穿過田園，來到蘑絲阿姨的房子。

正要進窩歇息的雞群咯咯呼叫，拍動翅膀，抗議她進入。屋內陰暗，充填各種氣味。「蘑絲阿姨？」她以給這些人聽的聲音說道。

「是誰？」

老婦在床上躲著。她很害怕，試圖以身邊石頭擋開所有人，但徒勞無功，她不夠強。

「是誰？誰在那兒？喔，親愛的……親愛的孩子，我的小燒兒，我的漂漂，妳在這裡做什麼？她在哪裡？她在哪裡？妳媽媽，噢，她在這裡嗎？她來了嗎？不要進來，不要進來，親愛的，他詛咒了老太婆，不要靠近我！不要靠近！」

她哭泣。孩子伸出手碰觸她。「妳好冷。」她說道。

「妳像火一樣，孩子，妳的手燃燒我。喔，不要看我！他令我的肉體腐爛，乾枯，又再度腐爛，但他不讓我死……他說我會把妳帶來這兒。我想死，我試了，但他擒住我，他不顧我的意志，他讓我活，不讓我死，喔，讓我死吧！」

「妳不該死。」孩子說道，蹙起眉頭。

「孩子，」老婦悄聲道：「孩子……叫我的真名。」

「哈咨。」孩子說道。

「啊。我就知道……放我自由，親愛的！」

「我必須等，」孩子說：「直到他們來。」

女巫較為舒服地躺著，毫無疼痛地呼吸。「直到誰來，親愛的？」她悄聲問。

「我的族人。」

女巫寬大冰冷的手像一捆木柴般躺在她手中。她緊緊握著。現在，屋裡與屋外一般漆黑。哈砦，又叫做蘑絲，睡著了，漸漸地，孩子坐在地板上，小床邊，附近還棲著一隻母雞，也睡著了。

光亮到來，男人隨之而來。他說：「起來，母狗！起來！」她爬起，四肢跪地。他大笑說道：「站起來！妳是隻聰明的母狗，會用後腳走路，對不對？這就對了。假裝是人！我們有段路要趕。來吧！」皮帶依然圍繞她的脖子，他用力一扯。她尾隨在後。

「拿著，你來牽她。」他說道，把皮帶交給那人，她愛的人，但她再也不知道他的名字。

一行人出了陰暗的地方。石頭張大口，讓他們通過，隨即合上。

他一直緊跟在她與握著皮帶的人旁邊。其餘三、四個男人尾隨在後。田野灰濛濛地浸滿露珠，山峰陰暗映照在蒼茫天空，鳥雀開始在果園及灌木籬上唱歌，愈來愈大聲。

一行人走到世界邊緣，沿著行走一會兒後來到一處，地面只是裸岩，邊緣十分狹窄。裸岩中有條線，她直看著它。

「他可以推下她，」他說：「然後鷹可以獨自飛翔。」

他從她頸上解下皮帶。

「站在邊緣。」他說道。她沿著石中痕跡，走到邊緣。除了海洋，她下方盡是空無。前方是一片空氣。

「現在，雀鷹會推她一把，」他說：「但首先，或許她想說點什麼。她有好多話想說，女人一向都有。妳難道沒什麼想跟我們說嗎，恬娜女士？」

她無法說話，但指向海上天空。

「信天翁。」他說道。

她放聲大笑。

在光溝之中，來自天空之道，龍飛翔，火焰延燒在捲曲覆鱗的身後。恬娜此時發聲。

「凱拉辛！」她高喊，然後轉身握住格得的手臂，拉扯他伏低在岩石上。隨即，越過他們衝來了一道熾焰、鱗甲鏗鏘、雙翅高舉風嘶、鐮刀般利爪，一聲轟鏘陷入岩石中。

風從海上吹來。在離她手不遠處岩縫竄長出的細小荊棘，海風吹拂下不斷搖曳。

格得在她身邊，兩人肩並肩蹲著，身後是海，面前是龍。

牠以一隻長長金黃的眼睛斜望他們。

格得以沙啞顫抖的聲音說出龍語。恬娜明白，他的話只是簡單的「我們感謝您，至壽者」。

凱拉辛看著恬娜，以鐵帚拖曳過大鑼的巨聲開口道：「阿羅．恬哈弩？」

「孩子，」恬娜說道：「瑟魯！」她站起身正要奔去尋找她的孩子，便看到她沿著高山及大海間岩崖朝龍走來。

「瑟魯，別跑！」她大喊，但孩子已經看到她，直直朝她奔來。兩人緊緊相擁。

龍轉過牠深鐵銹紅的巨大頭顱，好以兩眼看她們。水壺大的鼻孔裡閃耀火焰，一縷縷細煙捲飄而出。龍體的熱度震盪穿透過冰冷海風。

「恬哈弩。」龍說道。

孩子轉頭看牠。

「凱拉辛。」她說道。

一直跪著的格得搖搖擺擺站起身，緊握恬娜的手臂好穩住腳步。他大笑。「吾知孰喚汝矣，至壽者！」他說道。

「是我，」孩子說道：「我想不出別的方法，兮果乙。」

她依然望著龍，一面以龍語——創生天地的字詞——說道。

「甚好，少兒，」龍說道：「吾久尋汝未得矣。」

「我們現在要去那邊了嗎？」孩子問：「到其餘龍在之處，到他風之上？」

「汝願離此間諸輩？」

「不，」孩子說：「他們不能去嗎？」

「彼等不可，其命繫此。」

「我要跟他們留在這裡。」她說道，稍稍哽咽。

凱拉辛轉過頭，吐出巨大熱流，也許是笑聲、欣悅，或鄙視、怒氣……「哈！」

然後，再次看著孩子。「甚佳。汝於此之務未成。」

「我知道。」孩子說道。

「吾當歸返迎汝，」凱拉辛說：「靜待時日。」然後，對格得及恬娜說道：「吾以吾子託汝，如汝將以汝子託吾。」

「靜待時日。」恬娜說道。

凱拉辛巨碩的頭顱微微輕點，含有劍齒的長長嘴角捲起。

龍掉轉身軀，格得、恬娜及瑟魯退開。龍拖曳盔甲劃過岩崖，仔細放置帶有利爪的雙足，像貓兒般縮集黑色臀腿，騰躍。經絡縱橫的雙翅在曙光中赤紅爆起，多棘尾巴在岩石上嘶嘶作響，飛行，消失，如一隻海鷗，一隻燕雀，一抹思念。

牠曾在之處，散落著焦黑布片、皮塊，以及其他東西。

「走吧。」格得說道。

但女人及孩子佇立，看著這些東西。

「他們是骨頭人。」瑟魯說道。她轉身跑開，沿著狹窄小徑，走在男子及女子之前。

「她的祖語，」格得說：「她的母語。」

「恬哈弩，」恬娜說：「她的真名是恬哈弩。」

「真名的賜予者，賜予她真名。」

「她從最初就是恬哈弩。一直都是恬哈弩。」

「快來！」孩子說道，回頭望著他們。「蘑絲阿姨病了。」

他們將蘑絲搬到戶外的光亮及空氣中，洗淨她的潰傷，焚燒污穢床單。瑟魯從歐吉安屋內拿來乾淨寢具。她同時帶來牧羊女石南，在石南幫助之下，大家讓老婦陪著她的雞群，舒服躺回床上，石南答應去找點東西回來給大家吃。

「要有人去弓忒港，」格得說：「找當地巫師來照顧蘑絲，她可以治癒。還要去宅邸。那老人現在會死，只要房子好好淨化，孫子可能活得下去……」他坐在蘑絲屋前臺階上，仰頭靠在門框旁，迎著陽光閉起眼睛。「我們因何為所為？」他說道。

恬娜正用她從幫浦打起的一盆水洗臉、洗手、洗臂，接著環顧四周。格得精疲力竭，已然睡去，臉微映晨光。她靠著他在臺階上坐下，頭靠在他的肩膀。我們被赦免了嗎？她想。我們為什麼被赦免？

她低頭看格得的手鬆弛攤張在土階上。她想到風中搖曳的荊棘，還有龍的利爪腳，有紅色及金色鱗片。孩子坐在她身邊時，她已半睡半醒。

「恬哈弩。」她喃喃道。

「小樹死了。」孩子說道。

一會兒後，恬娜疲累愛睏的神志才明白，然後努力清醒地回答：「老樹上有桃子了嗎？」

兩人悄悄說話，以免吵醒入睡的男子。

「只有小小的綠果實。」

「長舞節過後，它們就會熟了。很快。」

「我們可以種一棵嗎？」

「妳想要的話，更多也行。房子還好嗎？」

「是空的。」

「我們要不要住在那兒？」她又清醒了一點，用手環著孩子。「我有錢，」她說：「足夠買一群山羊，還有托比的冬季牧地——如果他還肯賣。格得知道該帶牠們到山上哪裡。夏天……不知道我們梳下的羊毛還在不在？」她說，一面想到，我們留下了書，歐吉安的書！在橡木農莊的壁爐櫃上，留給星火，可憐的孩子，他半個字都不會唸！

但這一切好像都無所謂。一定有新事物等待學習。如果格得要，她可以派人去拿書。還有她的紡輪。或許明年秋天她可以自己下山去見見兒子，拜訪雲雀，與艾蘋小住。如果今夏他們想要有自己的蔬菜，得立刻重新栽種歐吉安的農園。她想著一排排長豆與豆莢花香氣，想著面西的小窗。「我想我們可以住在那兒。」她說。

■作者簡介

閱讀娥蘇拉·勒瑰恩：在多重疆界間起舞

本文標題，部分借用了娥蘇拉·勒瑰恩（Ursula K. Le Guin, 1929-）自己所寫的評論集書名《在世界邊緣起舞》（*Dancing at the Edge of the World*），因為用來形容她自己的確非常貼切。不只是因為她身跨奇幻與科幻創作兩界——確實有很多作家一手寫奇幻，一手寫科幻。當然，她在兩界都成就斐然，地位崇高，這點誠屬不易：她的奇幻代表作「地海傳說」系列，包括《地海巫師》（1968）、《地海古墓》（1970）、《地海彼岸》（1972）與《地海孤雛》（1990）等舉世矚目，名列經典，不僅創作至今三十多年來一直深受各年齡層讀者喜愛，凡探討奇幻文學或青少年文學的論文或評論，必提及「地海」的重大成就。她的科幻小說也是重量級，《黑暗的左手》（1969）與《一無所有》（1974）這兩部長篇巨著均獲星雲獎與雨果獎雙雙肯定，奠定她在科幻文學與性別議題上的地位，整體而言所獲獎項與榮耀更是不計其數。

但是，光舉出她在這兩種文類上的耀目成就，還不足以形容她的特別。很少有作家像她這樣，除了一手寫奇幻、一手寫科幻外，還擅長寫實小說，除此之外又生出好幾隻手寫詩、寫散文、寫遊記、寫文學評論、寫童書、寫劇本，又兼翻譯，可謂樣樣精通。

這是她跨越疆界的第一種層次：跨越創作類型的疆界。

勒瑰恩不僅跨越了創作類型的疆界，還打破了主流文學的藩籬。奇幻、科幻小說，甚至包括青少年兒童文學類型，有很長一段歷史處於文學界的邊緣位置，不受重視。勒瑰恩出身學術家庭，父親是人類學家，母親是心理學家及作家，均非常關注美國原住民文化。家中時常高朋滿座，除了知名學者、研究生之外，還有許多印地安人，套句勒瑰恩母親所說的話，他們家就是「一整個世界」。在這樣富有學術氣氛的環境成長，三位兄長都成為學者，她自己則攻讀法國與義大利文學，取得文學碩士，並在大學任教。儘管如此，勒瑰恩卻選擇了大眾文學為志業。她以令人讚歎的才華在奇幻、科幻與青少年文學界奠定名聲；作品的文學性更吸引了主流文學界的注意。

以她作品為分析對象的文學評論眾多，甚至出版專書探討。舉凡「地海傳說」的成長主題與道家思想、《黑暗的左手》的敘事方式與性別議題、《一無所有》的烏托邦與反烏托邦等，皆對主流文學界產生重大影響。西方文學評論家哈洛・卜倫（Harold Bloom）在專論勒瑰恩的評論集《*Ursula K. Le Guin*》（Chelsea House, 1986）中於序言盛讚她為當代幻想文學第一人，創意豐富，風格上乘，勝過托爾金與多麗絲．萊辛（Doris Lessing），並於《西方正典》附錄中將她列為美國經典作家之一。

這是她跨越疆界的第二種層次：跨越主流文學與大眾文學的疆界。

在性別議題上，勒瑰恩也沒缺席。她可謂最早探討性別意識的奇幻、科幻作家之一，諸如《黑暗的左手》與「地海傳說」等作品中，均可看到她以女性身分對奇幻、科幻文類的反省。

於此，她再一次跨越疆界：性別的疆界。

勒瑰恩除了創作，更投入老子《道德經》的英譯注解工作，耗時四十年之久，此版本推出之後獲得相當高的評價。她並將老子思想融入創作，在一向以西方文明為骨幹的奇幻、科幻小說中，發揮東方哲學的無為、相生與均衡概念。此外，「地海傳說」中的島嶼世界（相對於歐美的大陸世界）與骨架纖細、黑髮深膚的民族（相對於西方人種的外貌），以及隱喻西方文明的侵略與破壞性格，這種「去西方中心」的敘述觀點與一般西洋奇幻文學形成強烈對比。

這是她跨越疆界的第四種層次：跨越文化疆界，脫離西方主義。

女性、青少年兒童、大眾文學與東方思想，相對於男性、成人、主流文學與西方文化，都是位於邊緣。勒瑰恩正是「在多重世界的邊緣翩翩起舞」，織就了種種意象繁複、文字優美、意蘊深厚的故事。更重要的是，她不僅要傳達深刻的理念，她還是說故事的高手，能同時兼顧閱讀趣味、文學風格和哲思議題。她的作品被翻譯為許多語言，日本當代名作家村上春樹亦特別操刀翻譯她的短篇童話「飛天貓」系列，並坦言：「勒瑰恩的文字非常優美豐富，是我最喜歡的女作家之一。」很慶幸她選擇了奇幻、科幻類型來說故事，豐富了我們的視野；更慶幸有了她的努力，邊緣文學的發聲位置終於有了流動。

像這樣一位作家，絕對值得我們認識，並且細細咀嚼。

地海孤雛（地海六部曲之四）
Tehanu

作者	勒瑰恩（Ursula K. Le Guin ）
譯者	段宗忱
社長	陳蕙慧
副社長	陳瀅如
總編輯	戴偉傑
責任編輯	李嘉琪
封面設計	蔡南昇
內頁排版	極翔企業有限公司

出版	木馬文化事業股份有限公司
發行	遠足文化事業股份有限公司（讀書共和國出版集團）
地址	231新北市新店區民權路108 之4號8樓
電話	02-2218-1417　傳真 02-8667-1891
Email	service@bookrep.com.tw
郵撥帳號	19588272 木馬文化事業股份有限公司
客服專線	0800221029
法律顧問	華洋國際專利商標事務所 蘇文生 律師
印刷	呈靖彩藝有限公司
初版	2017年1月
初版十二刷	2023年12月
定價	新台幣320元
ISBN	978-986-359-342-3

木馬臉書粉絲團：http://www.facebook.com/ecusbook

國家圖書館出版品預行編目(CIP)資料

地海孤雛 / 勒瑰恩（Ursula K. Le Guin）著；段
宗忱譯. -- 初版. -- 新北市：木馬文化出版：遠
足文化發行, 2017.02
　面；　公分. --（地海六部曲；4）
譯自：Tehanu
ISBN 978-986-359-342-3（平裝）

874.5　　105023225